ふしぎな図書館(としょかん)とやっかいな相棒(あいぼう)

ストーリーマスターズ ③

作／廣嶋 玲子　絵／江口 夏実

講談社

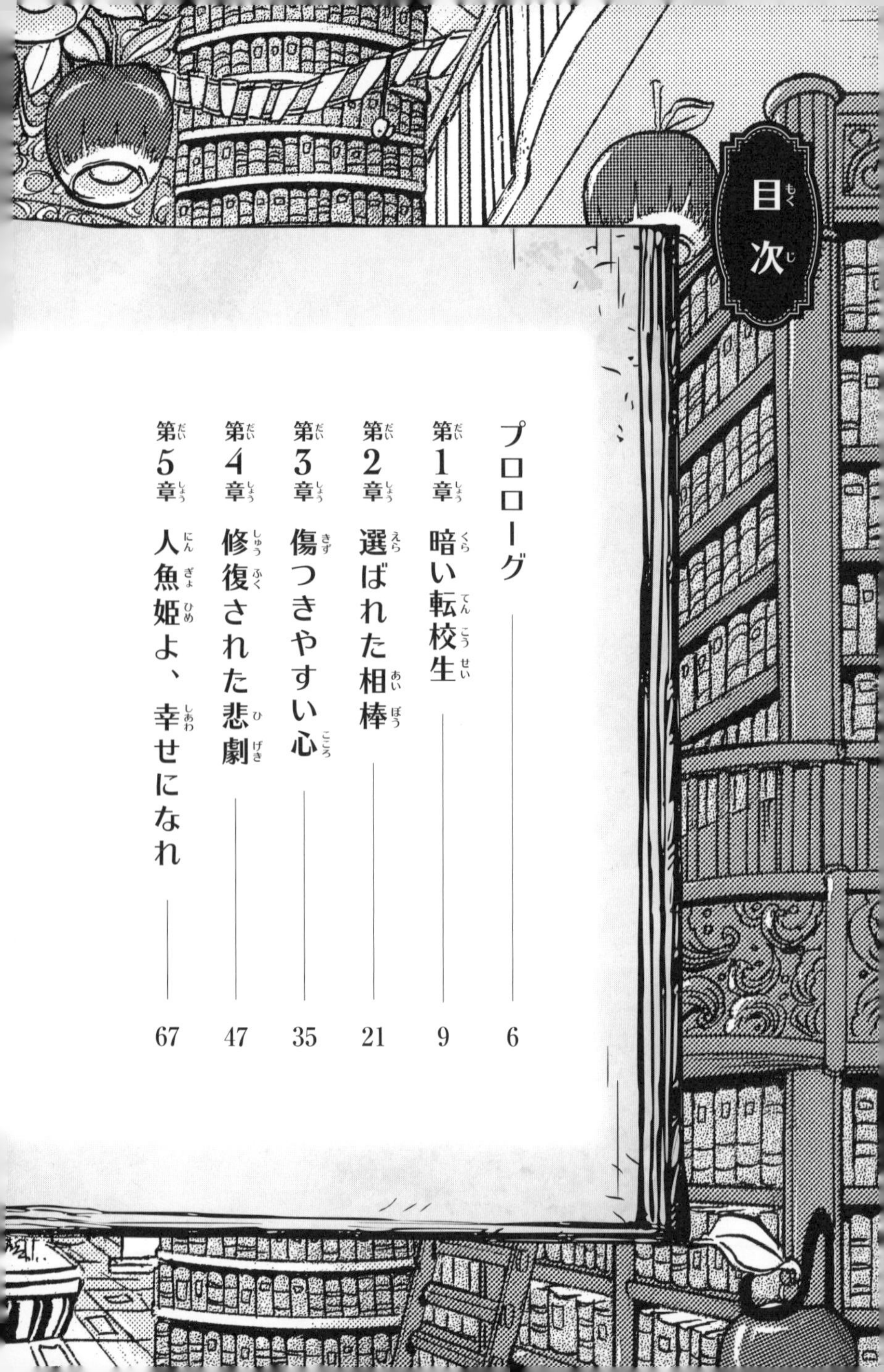

目次

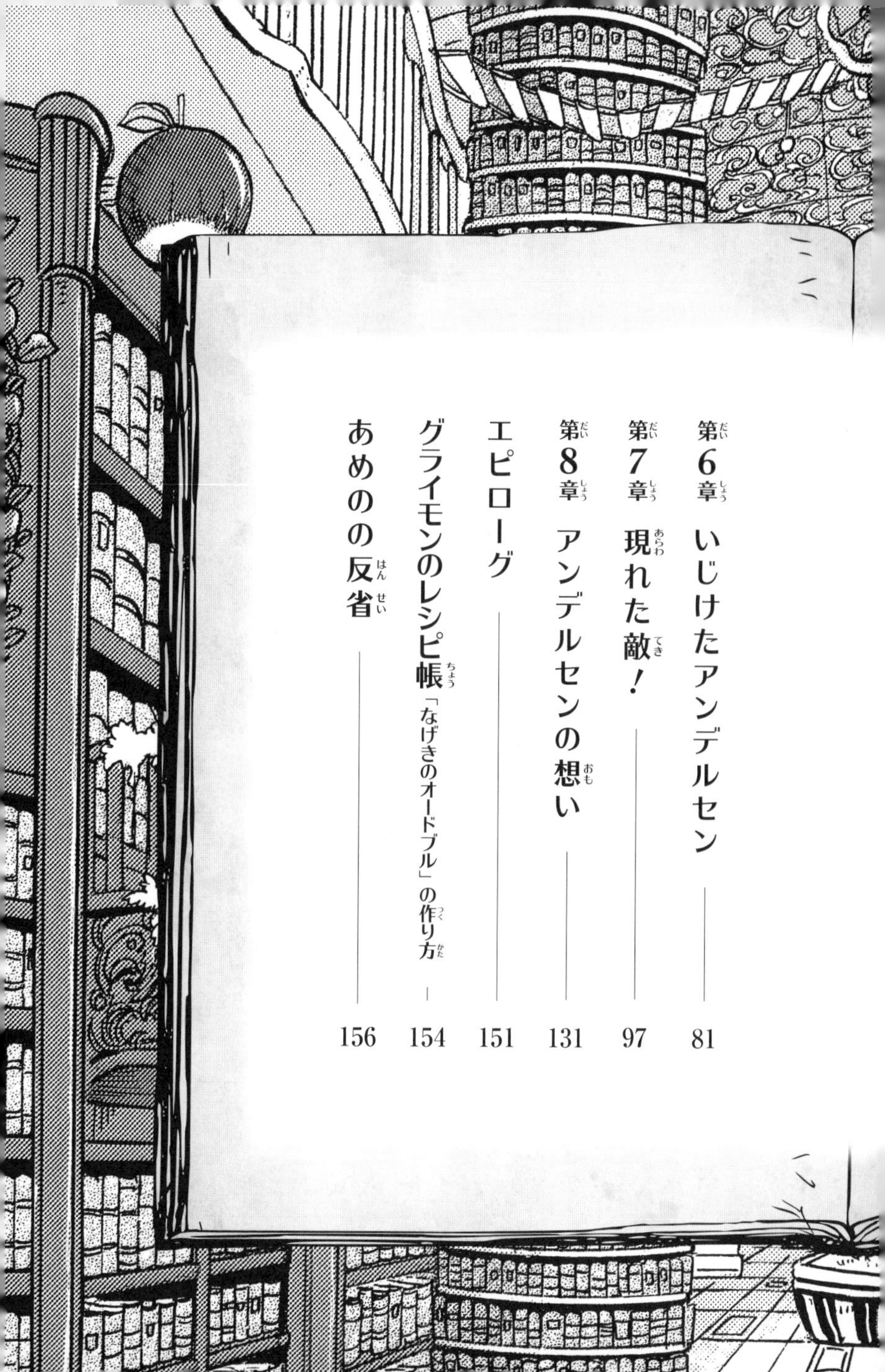

世界の図書館
この世界のありとあらゆる物語が集められているふしぎな図書館。その大きさははかりしれない。それぞれの本の世界を守る図書館司書は、ストーリーマスターと呼ばれている。その正体は、物語の作者たち？
兄
弟
グリム兄弟
グリムワールドの司書。
ストーリーマスターズ
バートン卿
千夜一夜
ワールドを守っている。
1巻に
登場
宗介
『グリム童話集』
を修復するミッションに挑戦。
本が好きになってきた！
2巻に
登場
葵
『千夜一夜物語』
の世界に。読書好きで、自信家。

世界の図書館にようこそ!

みんなが読んでいる本の内容をだれかが変えてしまったらどうする? 「なんだかつまらないなあ。」と思うその本、もしかしたら、変えられてしまっているのかも? 魔王グライモンがおもしろいお話をひとりじめするために、世界の名作から、大事な大事な「キーパーツ」を盗んでる。物語がつまらなくなって、人間が本を読まなくなるのをねらっているのだ! 盗まれたキーパーツを探し出し、物語をもとにもどそう! 世界の名作をぜーんぶ守っている「世界の図書館」の司書=ストーリーマスターたちといっしょにミッションにいどむのはきみたちかも?

プロローグ

魔王グライモン。

暴食城の主にして、物語を食い荒らし、世界の図書館の司書、ストーリーマスターたちをおののかせる存在。その食欲は旺盛で、物語をおもしろくさせるカギ、キーパーツを盗みだしては、むしゃむしゃとむさぼりつくしてしまう。が、無類の食いしん坊であると同時に、グライモンは食事そのものを楽しむこともたいせつにしていた。だから、食器やテーブルクロスにはこだわるし、時には食べる料理に合わせて部屋の模様替えをすることさえある。

その日、グライモンは食堂を大がかりに作りかえた。

壁は暗い葡萄酒色のタペストリーでおおい、じゅうたんは陰気な灰色と銀色の渦巻き模様のものをしきつめる。天井からは氷と雪を思わせる冷ややかなシャンデリ

プロローグ

アをつりさげ、大きなテーブルには涙を流す人魚を刺繍したテーブルクロスをかけ、その上に赤いくつの置物や小さなもみの木を飾り、アヒルの卵で作ったロウソク立てを置いた。

そうして、満足げに両手をこすりあわせたのだ。

「これで支度は完璧じゃ。うむ。じつにいい感じに仕上がった。食事というものは、予にとっては最大の楽しみ。ならば、ただむさぼるだけでなく、雰囲気も楽しまなくてはな。さて、そろそろ食材を調達しに行くか。」

「お供しますわ、グライモンさま。」

鈴を転がすような声をあげたのは、テーブルの飾りつけを手伝っていた少女だった。フランス人形のように愛らしい見た目と服装をしているが、その目はどこかぞっとするような光を宿している。

そのせいなのか、少女はひどくちぐはぐとした存在感をはなっていた。

嬉々とした様子で近づいてきた少女に、グライモンはうなずいた。

「うむ。おぬしが手伝ってくれるなら、調達はいっそうすばやく、簡単にこなせる

ことであろう。だが……今回はそれだけではたりぬ。あめのよ。おぬしにはもうひと働きしてもらいたいのだが、たのめるか？」

返事をするかわりに、あめのはにんまりと笑ってみせた。

第1章

暗い転校生

story 1

ひなたが生まれたのは、真夏の、太陽がさんさんと輝く日曜日だったという。太陽のように明るく育ってほしいということで、名前も「ひなた」とつけられた。

その名に恥じず、ひなたは明るく元気のいい子だった。なんでもポジティブに考え、だいたいがハイテンション。うるさくて騒がしいと、ひなたのことを煙たがる同級生もいるが、そんなことすら気にならない。

「暗い考え方をしていたら、それだけで悪いことが起きそうで、つまらないもの。それより、なんでも前向きに考えたほうがいいもんね。」

それがひなたのモットーだった。

そのモットーのおかげで、ひなたは毎日を楽しく過ごしていた。失敗しても「てへっ、次にがんばりまーす。」と笑ってみせ、運動会や発表会では誰よりもはしゃいで、イベントをもりあげた。ひなたのエネルギーにひっぱられるように、まわりの人間は勢いづくのだ。

年が変わり、クラス替えがあっても、ひなたはびくともしなかった。話したことがなかった子にもどんどん話しかけて、すぐに友だちになっていった。

「ひなたが話しかけてくれて、すごくうれしかったんだよ。ほんとは誰とも友だちになれないかもって、心細かったから。」

あとから、何人もの友だちに打ち明けられ、ひなたはうれしかった。

「あたし、けっこう役に立ってるみたい。」

ひなたはますますはりきり、明るくふるまうようにしていった。

が、5年生の春、人生で初めて、「うーん。やっかいだなあ。」と思う出来事が起きた。

ひとりの転校生がひなたのクラスにやってきたのだ。名前は真田紫織。ひょろっとして色白で、なんだか暗い感じの女の子だった。人と目を合わさず、ぼそぼそと小さな声でしゃべるタイプだ。

これはいけないと、ひなたは思った。

「きっと、新しい学校に来たばかりで、不安なんだろうなぁ。よし。あたしがあの子と友だちになってあげよう。で、いろいろ楽しませてあげようっと。」

そう決めて、ひなたは紫織と仲よくしようとした。あれこれ世話を焼き、学校を案内したり、自分の友だちに紹介したりしてあげた。「そんなことしなくていいから。」と、紫織が言っても、「いいからいいから。」と笑ってみせた。

だが、ひなたがいくらがんばっても、紫織が明るくなることはなかった。クラスにはなじまないし、なんとなくみんなに対してよそよそしい。

そして、なぜか、紫織がいちばんよそよそしい態度を取るのが、ひなたに対してなのだ。

ひなたが話しかけたり、近づいたりするだけで、まるでおびえたハムスターのようにびくっとする紫織。目と目を合わせようとせず、笑顔を見せたこともない。

ひなたは面食らった。どうしてなのか、理由がまったくわからなかった。こちらは紫織のために、いっしょうけんめいなのに。もしかして、まだがんばりがたりないのだろうか。知らないうちに、紫織にさびしい思いをさせてしまっているのだろうか。

ひなたはそれまで以上に、紫織に話しかけてあげようと決めた。

ある日の放課後、ひなたがちょっと目を離したすきに、紫織の姿が見えなくなった。ひなたはあわてた。いっしょに帰ろうと、さっき声をかけておいたのに。いったい、どこに行ったのだろう？

きょろきょろするひなたに、友だちの由加が声をかけてきた。

「紫織ならさっき図書室のほうに行ったわよ。」

「図書室？　ありがと。行ってみる。」

「待って、ひなた。あの子のこと、もうかまうのはやめたら？　こんなにひなたが親切にしてあげてるのに、迷惑そうな顔をしたりして、なんか生意気じゃん。もう放っておいたら？」

「それはかわいそうだよ。あの子はまだ転校してきたばかりで、不安なだけなんだと思う。」

「そうかなぁ。」

「そうだってば。じゃ、またね。」

ひなたは図書室へと走った。

放課後になったばかりで、図書室にはほとんど生徒の姿はなかった。だが、紫織はいた。本棚のまえに立ち、１冊の本を熱心に読んでいる。その目は生き生きとして、すごく楽しそうな表情だ。

この子、こんないい顔ができるんだと、ちょっと驚きながらも、ひなたはこれはチャンスだと思った。

今なら紫織と打ち解けることができそうだ。

「紫織！」

だが、ひなたの思いどおりにはならなかった。

駆けよってきたひなたを見るなり、紫織は見る間に顔をこわばらせ、うつむいてしまったのだ。

ひなたはショックを受けた。ずっと気のせいだと思おうとしていたが、もう間違いない。

第１章　暗い転校生

紫織は、ひなたのことをこわがっているのだ。

自分の気持ちをためこむのが苦手なひなたは、すぐさま理由をたずねることにした。

「ねえ、紫織。あたしのこと、こわいの？」

「………」

「もしそうなら、ちゃんと理由を言ってよ。あたし、紫織に悪いことした？　ねえねえ、教えてよ。」

ひなたの問いかけに、紫織はついに小さく口を開いた。

「ごめん。……多々良さんが悪いわけじゃないの。でも……多々良さんを見ていると、どうしても前の学校のクラスメートを思いだしちゃうの。」

「前の学校の？」

「そう。……わたしをいじめてた子。」

ぼそぼそと、紫織は打ち明けていった。

「その子も多々良さんみたいに明るくて人気者だった。でも、わたしのことが気に

食わなかったみたいで、わたしのことを無視しようって、みんなに言ったの。笑いながらね。それから無視が始まって、きょ、教科書とかノートとか捨てられたりして……。おもしろがって、わたしのこと、ぶってくる男子もいた。」

「ひどいね、それ！　やめてって、言わなかったの？」

「こわくて、何も言えなかった。……先生は気づいてくれなかったし。」

なんてやつらだと、ひなたは憤慨した。自分が同じクラスだったら、そいつらに「みっともないことをするな！」って、言ってやったのに。

だが、これで理由はわかった。

「だから、あたしのことがこわかったの？　前のいじめっ子に似ているから？」

「………」

「でも、あたしはその子じゃないよ。そんなこと、絶対、紫織にはしないから。それにさ、こうして転校してきたわけだし、もう前の学校のことは全部忘れたほうがいいよ。うちのクラスはみんないい子たちばかりだから、みんなでわいわい楽しくやろうよ。」

第1章　暗い転校生

ひなたにしてみれば、紫織をはげましたつもりだったのだ。だが、この言葉を聞くなり、紫織はきゅっと唇をかんで、ひなたをにらみつけてきた。

「い、いじめられたことがない人に、簡単に忘れろなんて言われたくない！　わ、わたしがどんな気持ちだったか、わからないくせに！」

小さいけれど鋭い声で、紫織はまくしたてた。

「わたしだって忘れたい！　あんないやなこと、全部忘れてしまいたい！　でも、そうはならないの！　多々良さんのことを見るたびに、あ、あの子のことが頭に浮かんできちゃう。やられたことを思いだして、こわくて、体がかたくなるのよ！」

「紫織……。」

「お願いだから、もう放っておいて。いちいちいっしょに帰ろうとか、遊ぼうとか、さそってくれなくていいから。多々良さんにはわからないかもしれないけど、静かに読書をしたり、ひとりでお菓子作りしたりするのが好きな子だっているのよ。」

そう言って、紫織は持っていた本を荒っぽく本棚に戻すと、ひなたを押しのける

ようにして、図書室から出ていってしまった。

ひとり残されたひなたは、しばらく動けなかった。

ひなただって、友だちとケンカをしたことは何度もある。だが、こんなふうに嫌われたことは一度だってない。

やがてショックはおさまってきたが、そうすると、今度は無性に腹が立ち、いやな気分にもなってきた。

「何よ、あの子！」

自分は親切心から紫織にあれこれしてあげていたのに。なのに、あんなふうに思われていたなんて。

いじめっ子に似ているからこわいだなんて、ひなたには理解できないことだった。むしろ、そう思ってしまう紫織のほうこそ、失礼ではないか。自分とその子はまったくの別人なのだから。

胸がむかむかしてたまらなかった。まるで深い沼にはまってしまったかのように、気分がずぶずぶと暗くなってくる。

ここにいてはだめだと、ひなたは思った。

家に帰って、おやつをばくばく食べたり、友だちと遊んだりしよう。そうすれば、紫織に言われたことなんて、気にならなくなるだろう。なんといっても、自分は明るいのが取り柄なのだから。

だが、ひなたが動きかけた、まさにその時、1冊の本が本棚からばさりと落ちてきた。

それは、紫織が読んでいた本だった。先ほど本棚に差しこまれたものの、どうやら入れ方が甘くて、抜け落ちてきたらしい。

本を読んでいた時の紫織を思いだし、ひなたはまた胸がもやっとした。ひなたには見せたことのない楽しそうな表情をしていたが、いったい、この本の何がそんなによかったのだろう。

本を拾いあげたひなたは、それが『アンデルセン童話集』だと気づいて、顔をしかめた。

小さな頃、幼稚園の先生がよくアンデルセンの絵本を読み聞かせしてくれたのだ

が、ひなたはそれが嫌いだった。なぜなら、悲しいお話が多かったからだ。

「考えてみれば、あたしが本が苦手になったのって、『アンデルセン童話集』のせいかも。……紫織はこんなのばかり読んでいるのかな？　あの子の性格が暗いのは、そのせいだったりして。あ～あ、世の中、ハッピーエンドの物語ばかりだったらいいのに。」

そうつぶやきながら、『アンデルセン童話集』を本棚に戻そうとした時だ。

「本当にそう思うかな？」

ふいに、しわがれた声がした。

誰かが自分に話しかけてきたんだと、ひなたはあわてて振り返った。そして絶句した。

そこには、1匹の猫がいて、じっとこちらを見つめてきていたのだ。

第2章

選ばれた相棒

story 2

　ひなたはぽかんと口を開け、猫をまじまじと見つめた。学校の図書室に猫がいるということより、その猫そのものに驚いてしまった。

　見たこともないほど老いぼれた猫だった。灰色の毛はぼさぼさで、体はやせていて、しっぽも足もかくかくと折れ曲がって見える。顔はなんとなくいじわるそうで、とがった感じだ。

　だが、目はすばらしい金色だった。

　ようやく我に返り、ひなたはそっと猫にささやいた。

「猫ちゃん、どっから入ってきたの？　先生に見つからないうちに、出ていったほうがいいよ。」

　にやっと、猫が笑った。本当に笑ったのだ。そして、口を開き、しわがれた声で答えてきた。

「心配は無用。ここはわしの縄張りじゃからの。わしをつまみだすことなど、誰もできんよ。」

「へ？　うそ。しゃ、しゃべった？」

「おお、しゃべったぞい。わしゃ、人間語は得意でのぅ。それに、もう1つ訂正じゃ。わしはここに入ってきたのではない。わしがおぬしをここに連れてきた、と言うのが正しい。」

「ほえ？」

「まだ気づいておらんようじゃな。ほれほれ、まわりをよく見てみるといい。」

そう言われ、ひなたは猫から目線をはずした。そして、「ひゃああっ！」と、小さな声をあげてしまった。というのも、いつの間にか、全然知らない場所に立っていたからだ。

落ちつけと、どきどきする胸を押さえながら、ひなたはまわりを見た。

ひなたが立っているのは、波模様の大理石の床、雪の結晶のようなシャンデリアがつりさがる美しい大広間だった。まるで舞踏会でもできそうな雰囲気だが、四方

の壁は本棚となっており、本がすき間なくおさめられている。こんなにたくさんの本は見たことがなく、ひなたは圧倒されてしまった。

「ここ……図書館？」

「さよう。世界の図書館という場所じゃ。いきなり連れてきてしまって、悪かったの。申し遅れたが、わしゃイッテンという。ここの守護者じゃよ。」

驚いているひなたに、イッテンと名乗った猫はぺらぺらとしゃべった。

世界の図書館には、ありとあらゆる物語がおさめられていること。

それぞれのコーナーを、ストーリーマスターと呼ばれる司書たちが守っていること。

物語をねらう魔王がいること。

魔王の襲撃を受けるたびに、ストーリーマスターたちが物語を修復していること。

なんとも奇妙な話だったが、ひなたは全部本当のことなんだろうなと思った。イッテンの言葉にも声にも、そう思わせる力があったからだ。

第2章　選ばれた相棒

そして、自分が不思議な出来事に巻きこまれつつあることも、ひなたはすんなり受け入れた。たぶん、夢だとは思うが、それでもかまわない。これは何かすごい冒険が始まるに違いない。

胸をわくわくさせながら、ひなたはイッテンの話を聞きつづけた。

「まあ、事情はだいたいこんなところじゃ。で、ここからが本題じゃ。また魔王グライモンが仕掛けてきてのぅ。あれこれキーパーツを盗みだしてくれたのよ。キーパーツを盗まれた物語は、どんどん壊れてしまうから、すぐにも直しにかからにゃならん。なのに、そこのコーナー担当のストーリーマスターが臆病風に吹かれてしまっておってのぅ。早く物語の世界に入って、修復しろと言ってるのに、まったく行こうとせんのじゃ。」

だからと、イッテンは大きく息を吸いこんで、ひなたを見つめた。

「おぬしに、そやつに付きそってもらいたい。そやつといっしょに、物語の世界に行ってもらいたいのじゃ。おぬしならば、きっと大きな助太刀となってくれるはず。たのめんかの？」

「いいわよ！」

物語の世界に入るなんておもしろそうだと、ひなたは二つ返事でうなずいた。

「でも、どうして？　どうしてあたしを選んだの？」

「そりゃ、おぬしがとても前向きな子だからじゃよ。おぬしのような子がそばにいれば、へっぴり腰のストーリーマスターも何かと勇気づけられるはず。なにしろ、おぬしとは真逆な、根暗なやつじゃからのぅ。……この際、正直に言うが、かなりやっかいな性格の持ち主なんじゃよ。扱いがじつに面倒でのぅ。」

ため息をつきながら、イッテンは広間を見回した。

「ふん。あやつめ、性懲りもなくどこかに隠れておるようじゃな。わしにはそんな手段は通用せんと、いいかげん、学んでほしいものじゃ。」

そう言いながら、イッテンは目を閉じた。と、長いひげがピリピリッと、揺れ動いた。

「そこか！」

かっと目を見開くなり、イッテンはいきなりそばにあった本棚の壁を軽やかに駆けあがり、つめこまれた本のすき間に手をつっこんで、何かをひっぱりだした。

「ぎゃっ！」

悲鳴がしたかと思うと、ひらひらと、水色のしおりが1枚、落ちてきた。それは落ちてくる間に大きくふくらんでいき、床についた時には男の人となっていた。

男の人はおしりをさすりながら、うらめしげに上を見た。

「ひどいじゃないか、イッテン。つ、爪をひっかけてくるなんて、反則だよ？」

「ストーリーマスターがしおりに化けて、こそこそ隠れるほうが反則だと思うがの。」

「か、隠れていたわけじゃないよ！　失敬だな！　ぼくはただ、ちょっとひとりになりたかっただけさ。ああ、痛い痛い！　おしりがさけてしまった気分だよ！」

「あいかわらず大げさなやつじゃ。」

がみがみ言い合う男の人とイッテン。

さあ、ひなたはもうびっくりしてしまった。

しおりが、男の人になるなんて！

同時に、ますますわくわくしてきた。こんなことが起きるということは、ここが不思議に満ちた世界だという証拠だ。きっと、これからもっともっとすごいことが起きるに違いない。

一方、本棚から飛びおりてきたイッテンは、男の人に厳しい口調で言った。

「さあ、おぬしのために助手を用意してやったのじゃ。今度こそ、ぐだぐだ言わずに修復に行かんかい！」

「や、やだよ！　こわい！」

「なんじゃと！　それでは約束が違うではないか！」

「だって、しかたないじゃないか！　こわいものはこわいんだもの。もし、壊された物語のほうが、本来の物語よりもすばらしくなっていたら？　そんなものを見せつけられたりしたら、ぼくはもう、とても立ち直れないよ！」

ひざをかかえて、ぐじぐじとすねる男の人に、ひなたはあっけにとられてしまった。思わず、しげしげと観察した。

ひょろりとした男の人だった。古風なこげ茶色のコートを着こんでいて、手首には黒いこうもり傘をひっかけている。髪は麦わらのような黄色で、小さな目は泣いていたかのようにうるんでおり、大きな鼻も赤い。

いったい、何者なんだろう。

と、イッテンが苦々しげな顔をして、ひなたを振り返ってきた。

「すまんの。こやつがここのコーナーのストーリーマスター

じゃ。名は、ハンス・クリスチャン・アンデルセン。」

「ア、アンデルセン？」

びっくりするひなたを、男の人はすがるような目で見上げてきた。

「……ねえ、きみ、ぼくのこと知っているのかい？」

「アンデルセンって、まさかたくさん童話を書いた人？『人魚姫』とか書いた人？」

「そうだよ！　まさに、そのとおり！」

がぜん、うれしそうな顔をして、アンデルセンは立ちあがった。

「そう。ぼくはアンデルセン童話を書いたアンデルセンだ。デンマーク生まれの詩人にして作家。ああ、ぼくの物語は多くの人々に読まれ、愛されてきた。貧しい子どもたちから、高貴な王族の方々まで、ぼくの作品を心から楽しんでくれた。今では、きみのような東洋の島国の子まで、ぼくの名を知ってくれているんだね。ああ、なんたる栄誉であることか！」

「でも……アンデルセンさんって、だいぶ昔の時代の人ですよね？」

「うん。ぼくが生まれたのは、２００年以上前だよ。でも、生前にたくさんの物語を作ったということで、死後はこうして世界の図書館で、ストーリーマスターとしてアンデルセンワールドを担当することになったんだ。そうだ。きみ、ぼくが書いたのが童話だけじゃないって、知っているかい？　むしろ、ふつうの小説や詩、劇の台本のほうがずっと多いんだ。なにしろ、書きたいことがたくさんありすぎて。そうそう。ぼくは自伝も書いているんだ。あとで、きみに１冊あげるから。それを読んで、もっとぼくのことを知ってもらいたいなあ。あとね……。」

べらべらしゃべるアンデルセンを、イッテンがさえぎった。

「じまん話はそのくらいにしてくれい、ハンス。時間がないんじゃ。元気も出たようじゃし、とっとと行ってこんかい！」

「……どうしても行かなくちゃだめかい？」

「だめに決まってるじゃろうが！」

目をむいてどなったあと、イッテンは急に猫なで声となった。

「言い忘れておったが、その子、ひなたは人気者でな。人望があり、友だちも多い。じゃが、それほど読書家ではなくての。」

「えっ？　あの、ちょっと。なんで、あたしのこと、そんなくわしく知ってるの？」

「そりゃ、わしが特別優れた猫だからじゃよ。いいから、ちと黙っててくれんか。なあ、ハンス。読書を好まぬ子にこそ、わしは偉大なる大作家アンデルセンが活躍する姿を見せてやりたいと思うのじゃ。そうなれば、この子はおぬしの本を読むようになるじゃろう。それに、この子を通じて、アンデルセン童話を読みたいと思う子が増えるかもしれん。……おぬしのファンをさらに増やすチャンスじゃぞ。」

「そうか。それじゃ行かなくちゃいけないね。さ、行こう。えっと、ひ、ひ……？」

「ひなたです。」

「では、ひなた君！　きみに正しいアンデルセン童話の世界を見せてあげるよ！　あ、ちょっと待ってて。出かける前に、ちゃんといろいろとそろっているか、持ちものチェックをしちゃうからね。」

　ころっと気持ちを切り替えたかのように、コートのポケットを調べだすアンデルセン。楽しそうに鼻歌まじりだ。

　イッテンがため息をつきながら、ひなたにささやいた。

「すまんなあ。こういう子どもっぽいところがあるやつなんじゃ。悪気はいっさいないんじゃが、山の天気のように気持ちが変わりやすいから、手を焼くかもしれん。……おぬしの明るさで、こやつを導いてやってくれい。支えてやってくれい。おぬしだけがたのみなんじゃよ。」

「わかった。がんばるね。」

　ひなたは大きくうなずいた。誰かからたよりにされるのが、すごくうれしかったのだ。さっき、紫織にひどく拒絶されたから、なおさらだ。

　そんなひなたに、アンデルセンが歩みよってきた。その手には大きな分厚い本が

あった。革表紙で、バラと十字架、コウノトリの模様が刻まれている。どきっとするような不思議な存在感をはなつ本に、ひなたは目が離せなくなった。

「お待たせ。ちゃんと準備できたから、行こう！」

そう言って、アンデルセンはひなたの手を取り、もう一方の手で本を開いたのだ。

開いたページは淡い光をはなっていた。そして、そのページを思わずのぞきこんだ時には、ひなたは物語の中に入っていた。

第3章

傷つきやすい心

story 3

ひなたはきょろきょろとあたりを見回した。あのすばらしい本の大広間は消えていた。イッテンの姿もない。ただただ真っ白な空間に、ひなたとアンデルセンだけが立っていた。

「ここが……物語の世界なの？　なんか、真っ白でさびしいですね。」

「いやいや、この白い空間は、何も書かれていないページだと思っておくれ。ほら、ぼくらは今、ここにいるんだ。」

アンデルセンはそう言って、持っていた本の最初のページ、真っ白で何も書かれていないページを指差した。

「これはブックだよ。」

「……本だってことは、見ればわかります。」

「いやいや、ただの本じゃない。この世にたった1冊しかない、アンデルセンワールドを作りあげている本だよ。ここに、ぼくの作品のすべてがつまっている。いわば、ぼくの魂も同然さ。だからほら、すばらしく美しいだろう？」

　これって自分のことをじまんしているのだろうかと思いつつ、ひなたはうなずいた。ブックがとても美しく魅力的なのは本当だったからだ。

「じゃあ、ここは……物語の中で、その本の中でもあるってこと？　なんか不思議ですね。」

「そうだね。ああ、なんと世の中は不思議に満ちていることか！　さてと、ざっと目を通していって、異常がありそうな物語を見つけていくとしよう。ぼくはなんたって原作者だ。ちょっとでもおかしなところがあれば、すぐわかるよ。」

　そう言って、アンデルセンはぺらぺらと手早くページをめくりだした。そうすると、白い空間の上のほうに、次々と映像が浮かびあがってきた。

　赤いくつ。お葬式。天使。十字架。おの。パン。沼。蛇。小鳥。

　まるでオーロラのようにゆらめく、さまざまなイメージ。アンデルセンがブックのページをめくるたびにさっとかき消え、また新しいものが浮かびあがる。

どうやら、あれらは物語のかけらのようだと、ひなたは判断した。物語の世界に入る前に、読み手のアンデルセンがページをめくってしまうので、ああして消えてしまうのだろう。じっくり読めば、あのオーロラのようなイメージはもっとこちらに近づいてきて、世界に入れるのだろうか。

そんなことを考えながら、ひなたは黙ってイメージを見つづけた。

と、アンデルセンがひとりごとをつぶやきだした。

「ふむふむ。『親指姫』に異常はないね。『雪の女王』や『ナイチンゲール』も大丈夫そうだ。『野の白鳥』は……うん、これも問題なし。」

「『野の白鳥』？」

聞きつけて、ひなたは思わず声をあげた。

「それ、知ってる！　白鳥にされちゃった11人のお兄さんたちを、妹が助けようとするお話でしょ？　トゲだらけの植物で服を作って、それを白鳥たちに投げかけると、元に戻るやつですよね？」

「うん、そうだよ。」

「わあ、なつかしい。小さい時、その話が大好きだったんです。そっかー。あのお話もアンデルセンさんが書いたやつだったんだ。てっきりグリム童話だと思ってました。」

ひなたにしてみれば、まったく悪気なく言った言葉だった。

ところが、アンデルセンはそれを聞くなり、まるで雷に打たれたように体をこわばらせた。顔が真っ青になり、目から涙がこぼれだすアンデルセンに、ひなたは仰天した。

「ア、アンデルセンさん？　どうしたの？」

「……どい。」

「え？　なんですか？」

「ひどい！　そ、それだけは言われたくなかった！　ぼくの作品を、グ、グリム童話だと思ってたなんて！　うわああ、あんまりだぁ！」

ブックを取りおとし、アンデルセンはおいお

いと大泣きしはじめた。

ひなたはしばらく言葉が出なかった。いきなり大の大人がこんなふうに泣きだすなんて。しかも、どうやら自分のせいらしい。

これはまずいと、かなりあせった。イッテンから、アンデルセンを支えてやってほしいとたのまれたのに、こんなふうに絶望させてしまうなんて。

「ご、ごめんなさい！　ほんとにごめんなさい。ちょっとかんちがいしてたの。ほら、あたし、ばかだから。そうですよね。考えてみれば、すぐわかることだもの。でも、すごいですよ。あんなすてきなお話を書いたなんて、やっぱりアンデルセンさんって、最高ですね！　天才！　そう。天才ですって！」

必死であやまり、アンデルセンをほめたたえること10分。ようやくアンデルセンは泣きやみ、鼻をぐすぐすと鳴らしながら、泣いた理由を話してくれた。

「ぼくとグリム君たちは同じ時代に生きていたんだ。ぼくは彼らのことを心からすごいと思っていた。あのふたりのために、本を書いたくらいさ。ところがだよ。実際にドイツに行って会ってみたところ、兄のヤーコプ君はぼくのことをまったく知らなかったんだ！」

「それは……。」

「あれは、ほんとに傷ついたよ。ドイツにいる間じゅう、『あなたの童話はドイツで有名ですよ。』って、いろいろな人たちから言われた。そのたびに、『でも、グリム兄弟はぼくのことを知りませんでしたよ。』と、言い返していたくらいだよ。」

「…………」

ひなたは心の中で、「そんなことくらいで、落ちこまなくたっていいのに。」と思った。

だが、そんなことを言ったら、アンデルセンはまた泣きだして、ブックを調べるどころではなくなるかもしれない。

だから、「それは傷つきますよねえ。」と、適当に相づちを打つことにした。

同時に、いやな予感がしてきた。イッテンは、「手を焼くかも。」と言っていたが、これは想像以上に手強そうだ。

少しでも話題を変えようと、ひなたはとっさにアンデルセンが持っているこうも

り傘を指差した。

「ところで、なんで傘を持っているんですか？」

「いきなり雨が降ってきた時のためだよ。ぼくはぬれるのは嫌いなんだ。ぬれたら風邪をひくかもしれない。それが悪化して、死んでしまうこともあるかもしれないからね。」

「でも、アンデルセンさんって、もう死んでいるんでしょ？」

「きみ、そんなひどいこと、ずばっと言うもんじゃないよ！」

アンデルセンは悲鳴のような声で言い返してきた。

「たしかにぼくは一度死んで、ストーリーマスターとなったわけだけど。もしかしたら、もう一度死んでしまうことだって、あるかもしれないじゃないか。そうなったら、今度はよみがえることはできないかもしれない。そうだろう？」

さすが作家。想像がどんどんふくらんでいくらしい。

どうせなら、すてきなことを考えればいいのにと、ひなたは心の中でつぶやいた。

とはいえ、アンデルセンはなんとか気持ちを持ち直してくれたようだ。ブックを拾いあげ、また中の物語を調べはじめた。

だが、また面倒なことをしはじめた。ちらちらとひなたのほうを見ては、「ぼくは『〜』という作品も書いたんだけど、きみは読んだこと、あるかい？」と、まるでひなたを試すように聞いてくるようになったのだ。

パンをどろに投げこみ、ふみつけた罪で、地獄に墜ちていった傲慢な娘の物語、「パンをふんだ娘」。

はいていた赤いくつが脱げなくなり、踊りつづけることになった恩知らずな娘を描いた「赤いくつ」。

ほかのアヒルの子とは違う見た目のせいで、ひどくいじめられた「みにくいアヒルの子」。

ひなたが「はい、知っています。」と答えれば、アンデルセンは満足そうに笑うが、「ごめんなさい。読んだことないです。」と言おうものなら、深々とため息をつく。そして、「そう

だよね。ぼくの作品なんか、どうせグリム童話と思われてしまうような代物なんだからね。」と、悲しげに言うのだ。

　がまんできなくなり、ひなたは言った。

「アンデルセンさん。それ、やめてください。」

「え？　やめろって、何をだい？」

「そうやって自分のお話を知っているかって、聞いてくること。なんかいやです。」

「え、なぜだい？　ぼくとしては、話題を提供しているつもりなんだけど。そういうこと言われると、さびしいなあ。……まあ、どうせぼくの作品はグリム童話と間違えられるような代物だしね。」

「もう！　そのこと、いつまでも言わないでください！　あたしだって反省してるのに！」

「だって、すごく傷ついたんだもの。」

　あたしだって、今まさに傷ついています！

　そうさけびそうになるのを、ひなたは必死でこらえた。

ぐぬぬと歯を食いしばっているひなたのまえで、アンデルセンが「あっ！」と小さく声をあげた。

「な、なんですか？」

「どうやら、『しっかり者のすずの兵隊』がぼくらの助けを必要としているようだ。……ひなた君は、この話を読んだこと、あるかい？」

答えは「いいえ。」だったが、それを言ったら、きっとアンデルセンはまた落ちこんでしまうだろう。だから、ひなたは機転をきかせ、わざとものほしげな表情をして言った。

「読んだことはないけど、でも、すごくおもしろそう。アンデルセンさんが書いたんだから、きっとすばらしい物語に決まってる。早く読んでみたいです！」

アンデルセンはにこりとした。

「そうかい。それなら、ほら、いっしょに読んでいこうよ。」

そう言って、アンデルセンはブックをひなたに差しだした。開いたページのいちばん上には、「しっかり者のすずの兵隊」と書いてあった。

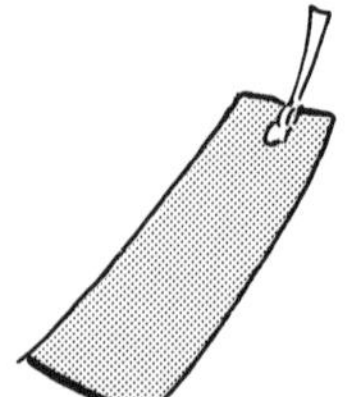

第4章

修復された悲劇

story 4

「しっかり者のすずの兵隊」

ひとりのぼうやが、誕生日のお祝いにすずの兵隊さんのおもちゃをもらいました。兵隊さんは25人いて、全員、きれいな赤と青の軍服を着ていて、そっくりでした。

でも、ひとりだけ、１本足の兵隊さんがいました。最後にこしらえられた兵隊さんだったので、材料がたりなくて、足が１本になってしまったのです。

でも、その兵隊さんはほかの兵隊さんたちと同じように、しっかりと立っていました。

さて、その家には、ほかにもいろいろなおもちゃがありました。いちばん目立っているのは、紙でできた美しいお城で、その入り口には踊り子の人形が立っていました。

　高く片足をあげ、もう一方の足だけでバランスよく立っている踊り子人形に、1本足の兵隊さんは心ひかれました。

「ああ、あの子はぼくのお嫁さんにぴったりだ。でも、あの子はお城、ぼくは小さな箱に24人の兄弟と暮らしている。とてもつりあわないな。……せめて、友だちになれたらいいんだけどなあ。」

　そう思いながら、兵隊さんはじっと踊り子を見つめつづけました。

　そうして夜となり、家の人たちが寝静まると、おもちゃたちは一気ににぎやかに動きだしました。おもちゃたちの遊ぶ時間がやってきたのです。

　そこまで読んだところで、ひなたはふいににぎやかなざわめきにつつまれるのを感じた。

ブックから顔をあげ、ひなたは目を丸くした。

なんと、ひなたとアンデルセンはそれまでの白い空間から、大きな部屋の中に移動していたのだ。

本当に大きな部屋だった。ただ広いだけではなく、ストーブや家具、食器などもとんでもなく大きい。まるで巨人の部屋の中にでもいるかのようだ。

いや、そうではないと、ひなたは気づいた。

「あたしたち、小さくなっちゃった？」

「そう。おもちゃと同じ大きさになったのさ。ありふれた部屋も、おもちゃたちから見ると、こんなに大きく、不思議なものになるんだ。なかなかおもしろいよね。」

「そ、そうですね。」

今、ひなたたちは体育館くらいありそうなテーブルの上に立っており、まわりではさまざまなおもちゃが楽しそうに遊んでいた。聞こえてきたざわめきは、おもちゃたちのものだったのだ。

本当に物語の世界に入ったのだと、ひなたは興奮しながら目をこらしていった。

そして、1本足の兵隊を見つけた。

「あっ！　あれがすずの兵隊さん？」

「そう。この物語の主人公だよ。そうそう。この話を読んだ子が、ぼくにおもちゃの兵隊をくれたんだよ。この兵隊さんをアンデルセンさんにあげるから、旅のお供に連れてってねって。ちなみに、その子は『三銃士』を書いた有名なフランスの作家、アレクサンドル・デュマの息子さんでね。いやあ、生きていた頃のぼくは、いろいろな作家や詩人たちとつきあったものさ。貴族や、時には本物の王さまとお会いすることもあったりしてね。」

ぺらぺらとじまん話をしはじめるアンデルセン。適当に相づちを打ちながら、ひなたは1本足の兵隊を観察した。

兵隊は何かをじっと見ていた。ひなたも、そちらを見てみた。そこには、紙でできたお城があり、これまた紙でできたバレリーナの人形がいた。

きれいな人形だった。明るい色の衣装を着て、リボンと金モールの飾りをつけていて。そして、ブックに書いてあったとおり、片足を高々とあげたまま、ぴしっと

立っている。

動きまわるおもちゃたちの中で、兵隊とバレリーナだけがまったく動かずにそこにいた。

とても真剣なまなざしで、バレリーナを見つめつづける兵隊。「ああ、この兵隊さんは本当にあのバレリーナが好きなんだな。」と、一目でわかる。

一方、バレリーナの人形はすまし顔だ。でも、兵隊の視線には気づいているようで、ちらちらと見返している。

ちょっと心ときめきながら、ひなたはアンデルセンにささやいた。

「これからどうなるんですか？　兵隊さんの恋って、ちゃんとかなうの？」

「それはこれからわかるよ。」

アンデルセンがそう答えた時、ボーンと、奥にあった時計が鳴った。時計の針は7時を指していた。

と、窓から急に光がさしこんできた。一気に時間がたち、朝になったらしい。おもちゃたちは眠りにつき、かわりに家の人たちが起きてきた。どすどすと歩きまわる人たちは、それこそ巨人そのもの。ひなたとアンデルセンは砂糖壺のかげに隠れながら、様子をうかがった。

と、誰かの手がぬうっとおりてきて、テーブルにあった1本足の兵隊をつかみとり、窓のところに置いた。

次の瞬間、窓はばーんと開き、1本足の兵隊は窓の外へとはじきとばされた。

「そんな！　兵隊さん、ど、どうなっちゃうんですか？」

ひなたはあわてたが、アンデルセンはもっとあわてた様子だった。「そんなはずはない。」とか「こんなばかな。」とつぶやきながら、ブックのページに目を走らせている。

1本足の兵隊がどうなったかを知るには、ブックを読むしかないようだ。

そこで、ひなたはつま先立ちとなり、アンデルセンが持っているブックをのぞきこんだ。

下の道路に落ちた1本足の兵隊は、通りかかった男の子たちに拾われ、新聞紙のボートに乗せられる。そうしてみぞに流され、下水路へと突入してしまうのだ。途中、ドブネズミに追いかけられたり、乗っていたボートが沈んだり。最後には、大きな魚に飲みこまれてしまう。だが、その魚はやがて釣りあげられ、料理されるためにさばかれる。

そして……。

「まあ、すずの兵隊さんだわ。」

魚のおなかから出てきた兵隊さんを、メイドはつまみあげて、テーブルに置きました。それは、あの踊り子の人形がいる部屋でした。なんとも不思議なことに、1本足の兵隊さんは元の部屋に戻ってくることができたのです。

うれしさに涙をこぼしそうになりながら、兵隊さんはじっと踊り子人形を見つめました。踊り子人形も、こちらを黙って見返していました。

一方、家の人たちは、魚のおなかから出てきた兵隊さんに感心し、わいわい騒いでいました。

と、誰かが言いました。

「こんなに勇敢な兵隊さんは、お城を守る近衛兵にぴったりだ。ぼうや、この兵隊さんをお城に置いてあげなさい。」

「うん。」

ぼうやはすぐに兵隊さんを紙でできたお城に運びました。

さあ、今や、兵隊さんはお城の門に立っていました。となりには、あの踊り子人形がいます。片足でしっかりと立つふたりに、家の人たちはさかんに言いました。「いやあ、なんともお似合いなふたりだねえ。」と。

その夜、１本足の兵隊さんは家じゅうのおもちゃたちにかこまれ、英雄としてほめたたえられました。

びっくり箱の小鬼が言いました。

「この英雄のお帰りを、ぜひともわれわれで祝おうじゃないか。兵隊殿。何か望みはおありかな？」

兵隊さんは何も言わず、ただまっすぐ踊り子人形を見つめました。そして、踊り子人形はそのまなざしを受けとめたのです。

「なるほどなるほど。そういうことか。では、みんな、これからどうするか、わかっているな？」

小鬼の言葉に、おもちゃたちはすぐさま動きだし、積み木とリボンで、立派な祭壇を作りあげました。

そうして、１本足の兵隊さんと踊り子人形は結婚したのです。

物語はそこで終わっていた。

「短いけれど、いいお話だった。」と、ひなたはアンデルセンに言おうとした。

が、言えなかった。アンデルセンがものすごく不機嫌な顔をしていたからだ。

「ど、どうかしたんですか？」

「どうもこうもないよ！　グライモンめ。よくもぼくの物語をめちゃくちゃにしてくれたな！　まったく、ひどいやつだ！」

「えっ？」

「ああ、こんなエンディングはがまんできないよ。ちゃっちゃと直さなくちゃ。」

面食らっているひなたのまえで、アンデルセンは大きな羽根ペンを取りだし、ガリガリと音を立てながら、ブックの白い部分に「小鬼のいじわる」と書きこんだ。

「何をしたんですか？」

「グライモンが物語から盗んでいったもの、キーパーツを書きこんだんだよ。それが正しい答えであれば、物語は問題なく元どおりとなる。そして、ぼくはこの作品の作者。答えを間違えるなんて、まずありえないのさ。」

「……『小鬼のいじわる』って、びっくり箱の小鬼のことですか？　それがキーパーツ？」

「そう。本来、びっくり箱の小鬼は悪いやつでね。兵隊さんの恋のライバル的存在なんだ。あ、ほら、ごらんよ。ブックがちゃんと答えを飲みこんでいっているよ。やっぱり正しかったんだ。」

見れば、アンデルセンが書いたばかりの文字が、すうっと、ページの中に吸いこまれていくところだった。そして、ぱっと白い光がはなたれたかと思うと、ページに書かれている文章が一変したのだ。

ひなたはよみがえった文章を最初から読んでいった。

びっくり箱の小鬼は、がらりと性格が変わっていた。さっきの文章では親切そうだったのが、今回はとにかくいじわるそうで、悪意に満ちている。

まさに、悪魔そのものだ。

踊り子人形を見つめる1本足の兵隊を、いまいましく思う小鬼。1本足の兵隊が窓から落ちて冒険する羽目になったのも、どうやらこの小鬼のしわざらしかった。

そして、いよいよ物語はクライマックスに近づいてきた。

「まあ、すずの兵隊さんだわ。」

魚のおなかから出てきた兵隊さんを、メイドはつまみあげて、テーブルに置きました。それは、あの踊り子の人形がいる部屋でした。なんとも不思議なことに、1本足の兵隊さんは元の部屋に戻ってくることができたのです。

うれしさに涙をこぼしそうになりながら、兵隊さんはじっと踊り子人形を見つめました。踊り子人形も、こちらを黙って見返していました。

と、いきなり小さな子どもが兵隊さんをつかんで、理由もなく、ストーブに放りこんでしまいました。これもきっと、あの小鬼のしわざに違いありません。

燃える炎の中で、兵隊さんはおそろしく熱くなりました。でも、それが火のせいなのか、それとも自分の胸の中に燃えている愛のせいなのか、はっきりとはわかりませんでした。

体がどんどん溶けていくのを感じながら、兵隊さんは踊り子人形を見つめました。踊り子人形もこちらを見返していました。

その時、ふいにドアが開いて、風がさっと吹きこんできました。

風にさらわれ、踊り子人形はまるで空気の精のように、ストーブの中の兵隊さんのところに飛んできました。そして、めらめらと燃えあがり、消えてしまいました。すずの兵隊さんもすっかり溶けて、小さな塊となってしまいました。

翌朝、メイドがストーブの灰をかきだしたところ、灰の中からハートの形をした

すずの塊が出てきました。
踊り子人形のほうは、真っ黒にこげた飾りが残っているだけでした。

「うわ、かわいそう！　ア、アンデルセンさん！　これ、前よりずっとひどい最後になっちゃってますよ！」

読み終わり、ひなたはあせって声をあげた。アンデルセンがキーパーツの答えを間違えたから、こんな悲劇になってしまったんだと、そう思ったのだ。

ところが、アンデルセンはすごく満足げだった。

「いやいや、これでいい。これでこそ、ぼくの『しっかり者のすずの兵隊』だよ。」

「え〜、これが本物なんですか？」

「なんだい、その声？　何かご不満かい？」

「だって……なんか、微妙なんだもの。兵隊さんも踊り子人形も燃えてしまうなんて、悲しすぎる。」

「でも、これがぼくが書きたかった物語なんだよ。それに、兵隊さんのハートが灰の中から見つかるって、とてもロマンチックだろう？」

「うーん。それはそうかもしれないけど……。結局、兵隊さんの恋はかなったってこと？　踊り子人形は兵隊さんのことが好きで、だから自分からストーブの中に飛びこんできたんですか？　それとも最後の風は、びっくり箱の小鬼のしわざだったんですか？」

あれこれ疑問が浮かんできて、ひなたは矢継ぎ早にたずねた。そんなひなたに、アンデルセンはいたずらっ子のような笑顔を向けた。

「教えてあげないよ。」

「なんでですか！」

「だって、作者のぼくがそれを教えたら、きみがあれこれ考える必要がなくなっちゃうじゃないか。なんでもかんでも説明して、全部書いてしまうのは、ぼく、好きじゃないんだ。物語の解釈は読者の自由なんだからね。」

「……そう、ですか。でも……ねえ、ほんとにこれで終わりにしちゃっていいんですか？　せめて、悪いことをした小鬼が罰を受けるとか、そういうふうにしたほうがいいと思うけど。このままじゃ、やっぱりひどすぎるもの。」

「でも、ひどいこと、理不尽なことは世の中のそこらじゅうに転がっているじゃないか。ぼくはそういうものをごまかした物語は書きたくない。」

「つまりアンデルセンさんは悲劇が好きってことですか？」

「そうじゃないよ！　わからないのかい？　悲劇の中に、ぼくは自分の信念を書きこんでいるんだってば。」

「へえ、そうなんですか。」

じつのところ、アンデルセンが言っていることは、ひなたにはまったくわからなかった。アンデルセンの信念とはなんだろう？

だが、ふと、紫織のことを思いだした。

図書室でアンデルセン童話を読んでいた紫織は、すごく集中した顔をしていた。楽しそうでもあった。理由もなくいじめっ子に目をつけられ、ひどい目にあったというあの子であれば、アンデルセンの信念とやらを物語の中からくみ取り、物語を楽しむことができるのだろうか？

ハッピーエンド大好きの自分には無理かもと思いながら、それでもひなたは必死で笑顔を作った。

「でも、アンデルセンさんの物語って、やっぱりすごいですね。いろいろ考えられるし、さっきの物語とはくらべものにならない感じです。いやあ、やっぱり本物はにせものとは違いますねえ。」

「えっ？　そう？　そう思うかい？」

たちまちアンデルセンはにこにこ顔となり、ひなたは心の中でほっとした。今はとにかくアンデルセンの機嫌を取ることだけを考えよう。

ひなたはそう決めて、アンデルセンに言った。

「これで修復は終わったんなら、もう帰れますよね？」

「いや、残念ながら、まだだめだね。」

「え？」

「ほら、また空白の場に戻ってきてしまった。完全に元どおりになれば、ぼくらは世界の図書館に戻るはずなんだ。これは、まだアンデルセンワールドに問題があるって証拠だよ。」

アンデルセンが言うとおり、ひなたたちはいつの間にか、あの白い空間に戻ってきていた。大きな部屋も、ストーブから取りだされた小さなハートも消え失せている。

目をぱちぱちさせているひなたのまえで、アンデルセンは機嫌よく笑った。

「うん。なんか調子が出てきた。さあ、どんどん修復していこう。お次は……おやおや、『人魚姫』がおかしなことになっているようだね。……ひなた君は、『人魚姫』は読んだこと、あるかい？」

「だから、それ、やめてくださいってば！　ありますよ！　大好きでした！」

ひなたはやけくそ気味に答えた。本当は、「物語の終わり方がちょっと納得できなかったけどね。」と言いたかったけれど、それはこらえた。そんなことを言ったら、アンデルセンはまた落ちこむに決まっている。

「なんか、疲れたなぁ。……早く帰りたいなぁ。」

ひなたはうんざりしながら小さくつぶやいた。

だが、そんなひなたにおかまいなしに、アンデルセンは「さあ、行くよ、ひなた君！」と、開いたページを差しだしてきた。

ページのいちばん上には「人魚姫」と、書いてあった。そして、ひなたがページに書きこまれた文章を読みはじめたとたん、ふたりは物語の中に入っていった。

そこは青い海の中だった。

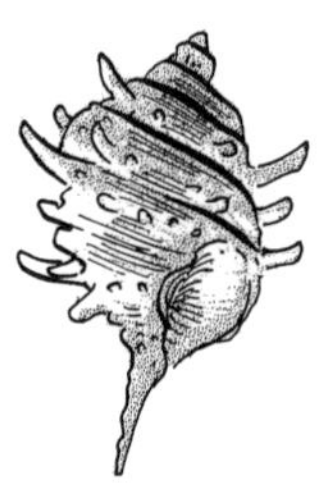

第5章
人魚姫よ、幸せになれ
story 5

「わわわわっ！」

あわてるひなたに、アンデルセンが大丈夫だと言った。

「平気だよ。溺れたりしないからね。物語を読んでいる間は、ぼくらはその世界のものになれるんだから。今のぼくらは、人魚と同じさ。」

言われてみれば、ふつうに呼吸ができるし、水を冷たいとも思わない。水中メガネをつけていないのに、海中の景色をとてもはっきりと見ることができるではないか。

胸をなでおろしながら、ひなたはあたりに目をこらした。

海の中はとても美しかった。青く澄んだ水の中には、まるで森のようにサンゴや藻がおいしげり、小鳥が飛びまわるように魚が泳いでいる。

そして、奥にはすばらしい宮殿があった。サンゴの壁、琥珀の窓、屋根は貝殻でできていて、しかもその貝殻のすべてに真珠が1粒ずつ入っているのだ。あまりにも美しい光景に、ひなたは感動してしまった。こんな風景は、想像したことはおろか、夢でさえ見たことがない。

「すごい。きれい。」

「そうだろう？」

アンデルセンがうれしげにうなずいた。

「これらはみんな、ぼくの想像力が生みだしたんだよ。ああ、ここに来るたびに思うよ。ぼくの作った世界は、とても美しいって。」

「うん、ほんとですね。」

「むふふふ。では、あの宮殿に行って、人魚姫の様子を見るとしよう。」

「人魚たちと会うの？」

「いやいや、そっとのぞき見るだけさ。魔王グライモンに何を盗まれたか知るため

に、今はそのまま物語を追いかけていこう。」

そう言いながら、アンデルセンはひなたの手を取り、人魚の宮殿へと近づいていった。だが、中には入らず、大きな庭へとそっと回りこんだ。

そこでは、美しい海の植物が植えられていて、6人の若い人魚たちが集まっていた。

「あれが、人魚の王さまの姫君たちだよ。みんな、それぞれ、小さな花壇を持っているんだ。で、あれがぼくのかわいい人魚姫だよ。」

アンデルセンが指差した先には、丸い花壇があり、ひときわ美しい人魚が赤い花とバラ色の柳の世話をしていた。

あれが人魚姫なのかと、ひなたは胸がどきどきした。

ああ、本当にきれいな姫君だ。柳の木の下に置いてある大理石の少年像にそっとよりそう姿は、まるで1枚の絵のようではないか。

と、年寄りの立派な人魚が庭に出てきた。人魚姫たちはさっとその人魚のもとに泳ぎより、「おばあさま、また地上のことを話してくださいな。」と、ねだった。

おばあさんの人魚はいろいろなことを語りだした。若い人魚たちは目を輝かして、それを聞いていた。そして、主人公である人魚姫は、ほかの誰よりも熱心だった。地上の世界にあこがれているのだと、見ているだけでわかった。

「おまえたちが15歳になったら、海の上に出て、地上を見てきていいですよ。」

おばあさん人魚はそう言って、口を閉じた。

と、場面が次々と変わりだした。目まぐるしい勢いで、物語の中の時間が過ぎていっているのだ。

人魚姫たちは順番に15歳になって、それぞれ海の上のすばらしいものを見ていった。ある姫は海沿いの大きな町をながめ、ある姫は夕焼け空の美しさに心を打たれ、またある姫は川をさかのぼって農園やお城を目にした。

そうした姫君たちの体験を、ひなたも自分の目で見ることができた。これが物語の中にいるということなのかと、不思議な感動を覚えながら、ひなたは食い入るように見つめつづけた。

そうして、ついに小さな人魚姫の番になった。

一人前の人魚として認められた人魚姫は、それっとばかりに海の上へと泳いでいった。そして、見事な船と、その船で誕生日を祝ってもらっている美しい王子の姿を目にするのだ。

人魚姫がたちまち王子のとりこになるのが、見ているひなたにもはっきりわかった。

「あれが一目ぼれってやつですね？」

ひなたがささやくと、アンデルセンもささやき返してきた。

「そうとも。ああ、すてきだ。恋とはなんとせつなく、甘美なのだろう。……ぼくもかつては恋をしたものだよ。でも、悲しいことに、かなわぬ恋ばかりだった。ぼくが恋した人はみんな、ぼくのことを愛してはくれなかった。失恋ばかりさ。ぼくは、ぼくの自伝を贈りさえしたのにねえ。」

「え、そんなことしたんですか？」

「うん。だって、そうすれば、ぼくという人間を理解してもらえるじゃないか。」

「…………」

いきなり、それは重すぎるのではないだろうか？　もし自分だったら、ドン引きするだろうなと、ひなたは思った。

「……だから、失恋したんじゃないかなぁ。」

「ん？　何か言ったかい？」

「い、いいえ、なんでもないです！　大丈夫。」

「そう？　あ、ほら。嵐が来たよ。これから一気に物語がおもしろくなっていくよ。」

アンデルセンの言葉どおり、すさまじい嵐がやってきた。王子が乗った船はあっという間に沈んでしまった。

水の中に放りだされた王子を、人魚姫はあわててかかえて、近くの陸地へと運んでいった。だが、王子を浜辺に置いて、海底の宮殿に戻ったあとも、人魚姫は王子のことが頭から離れない様子だった。

恋しい。あの方のそばにいたい。

その気持ちにかられた人魚姫は、ついに海の魔女のところに相談に行った。

魔女は、「人間になれる薬を作ってやろう。」と言った。だが、その代償として、人魚姫の舌をくれという。さらに、人間になったあとも、苦しみは続くだろうと警告してきた。

「あんたは軽やかに歩けるようになるが、1歩歩くごとに、ナイフをふむように足が痛むだろう。それに、一度人間になったら、二度と海には戻ってこられない。おまけに、あんたのいとしい王子がほかの人と結婚したら、あんたはその次の日には泡になっちまう。それでもいいっていうなら、薬をあげるよ。」

魔女のおどすような言葉にも、人魚姫はひるむことなくうなずいた。

そんな彼女を、ひなたはこっそりとかげから見つめていた。ドラマティックな展開に胸がはらはらどきどきしっぱなしだ。同時に、心の奥にトゲが刺さっているような痛みを感じていた。

なぜなら、ひなたは知っていたからだ。この人魚姫が、これからとても苦しむことになると。

「……あの人魚姫には幸せになってほしいのに。」

そうつぶやかずにはいられなかった。

一方、アンデルセンは首をかしげていた。

「おかしいなあ。ブックのタイトルを見た時、『人魚姫』に異常があるって感じたんだけど……今のところ、元のままだ。うーん。ちょっと先を調べてみようかな。」

そう言って、ふたたびブックのページをめくりだしたアンデルセン。と、その顔が急に青ざめたかと思うと、「わあああっ！」と、突然大声をあげて、その場にひざをついたのだ。

第5章　人魚姫よ、幸せになれ

何事だと、ひなたはあわててアンデルセンの顔をのぞきこんだ。

「ど、どうしたんですか？　大丈夫ですか？」

「大丈夫じゃない！　全然大丈夫じゃないよ！　ああ、だめだ。なんたる悲劇！　ぼくはもうだめだ！」

「だめって……何があったんですか？」

「ああ、それを読めばわかるよ。ああ、なんてひどい！　さっきの『しっかり者のすずの兵隊』よりもひどい！　ぼくの『人魚姫』がめちゃくちゃだ！」

ぼろぼろと涙を流しながら、アンデルセンはブックをひなたに差しだしてきた。

アンデルセンがこんなに泣くなんて、いったい、どんな物語が書かれてしまっているのだろう？

こわいもの見たさで、ひなたはおそるおそるブックを受け取った。開いたページの文章は、人間となった人魚姫が王子と再会するシーンから始まっていた。

王子のお城近くで魔女の薬を飲んだ人魚姫は、剣に突き刺されるような痛みを覚え、気を失いました。

そして、目覚めた時、人魚姫のそばにはあの王子がいて、じっとこちらを見下ろしていました。

思わず目をふせた人魚姫は、自分の魚の尾が消えており、きれいな白い足が2本、はえていることに気づきました。無事に人間になれたのです。

王子は「あなたは誰？　どこから来たの？」と、やさしく聞いてきました。でも、舌を失った人魚姫は、何も答えられません。ただ、悲しげなまなざしで見上げるばかり。

王子は人魚姫をお城に連れ帰り、親切に面倒を見てくれました。ドレスを着た人魚姫は、それはそれは美しく、またダンスをする姿は誰よりもすばらしいと、みんなをうっとりさせました。

ナイフの上を歩いているかのような痛みを人魚姫が味わっていることなど、誰も気づきませんでした。そして、人魚姫も、その痛みを喜んでがまんしていました。いとしい王子のそばにいられることが、とても幸せだったからです。

美しく踊る、物言わぬ人魚姫に、王子は日に日に夢中になっていきました。そして、ある日、ついに言ったのです。

「口がきけなくても、どこから来たのかわからなくても、おまえはわたしの最愛の人だ。わたしの妃になっておくれ。」

人魚姫は目を輝かせ、「喜んでお受けします。」と答えるかわりに、王子の手に口づけをしました。

そうして、盛大な結婚式が豪華な船の上でおこなわれました。

王子が人魚姫に永遠の愛を誓った時、人魚姫は自分の魂が満たされるのを感じました。あれほどつらかった足の痛みも、うそのように消えました。

そう。人魚姫はついに本当の人間になれたのです。

「人魚姫」の物語はそこで終わっていた。ひなたが知っている「人魚姫」とは、ず

いぶん違ってしまっている。

だが、すっきりとしたハッピーエンドが大好きなひなたは、思わず声をあげてしまった。

「わあ、いい話！　あたし、こういうハッピーエンドって好き！」

バターン！

大きな音に、ひなたはびっくりして飛びあがった。

ふりむけば、アンデルセンがばったりと倒れて、動かなくなっていた。

第6章
いじけたアンデルセン
story 6

「ねえ、ほんとに悪かったですってば。ほんとごめんなさい。あたしがばかでした。だから、もう許してください。ね？　お願いだから、元気になってくださいよぉ。」

ダンゴムシのように身を丸めて、転がっているアンデルセンに、ひなたは辛抱強く声をかけていた。もうかれこれ30分以上あやまっている。

が、効き目はまったくない。

アンデルセンはすっかりすねて、いじけてしまっていた。

「人魚姫はもっともっと苦しむんだ。ぐす。王子は人魚姫を妹のようにかわいがるけど、愛してはくれない。王子の心は、別の王女のものなんだ。そして、王子はその王女と結婚して、人魚姫は泡になる運命を受け入れる。そんな悲しくも美しい自己犠牲の物語だというのに！　ううっ。なのに、ぼくの相棒は、このめちゃくちゃになった物語のほうがいいって言うなんて。ああ、ひどい屈辱だ。やっぱりぼくの作品なんて、たいしたことないんだ。」

めそめそ、しくしくと、涙とぐちをたれながすアンデルセン。

「そんなことないですってば。」

「だって、こういうハッピーエンドが好きって、言ったじゃないか。」

「うっ。そ、そうですけど、アンデルセンさんの『人魚姫』より好きとは言ってないでしょ？　ただ、ハッピーエンドが好きって言っただけです。」

「そんな言葉でだまされたりしないよ。ああ、ぼくは不幸だ。王さまにさえ喜ばれた『人魚姫』も、もうおしまいだ。現代の子どもに受け入れられない、古くさい代物になりはててしまったんだ。いっそ、このまま修復なんかしないほうがいいのかもしれない。」

「そんなこと言わないでくださいよ。えっと……あ、それじゃこうしましょう！

ほんとのこと言うと、あたし、本物の『人魚姫』のこと、ちゃんと覚えていないんです。だから、まずは、物語を直してください。そうすれば、本物とにせもの、どっちがいいか、はっきりわかりますから。」

とにかくアンデルセンに「人魚姫」を修復してもらわなくては。そして、それを読んだら、どんなに気に入らないものであろうと、めちゃくちゃほめちぎって、アンデルセンにご機嫌になってもらうとしよう。

だが、ひなたの作戦はあまりうまくいかなかった。アンデルセンはいっそうひどく泣きじゃくりだしたのだ。

「本物とにせもの、どっちがいいかって？　そんなの、考えるまでもないはずなのに！　うわあん、ひどいよぉ！」

「そ、そんな……アンデルセンさん、さっき言ったでしょ！　物語の解釈は読者の自由だって。なのに、あたしの感想が気に入らないなんて、言ってることがむちゃくちゃですよ。」

ひなたが思わず言い返したところ、アンデルセンは洟をすすりながらも、やっと泣きやんだ。

「うう、まさか、自分の言葉に足をすくわれる羽目になるなんて。わかった。わかったよ。……ほんとに修復していいんだね？」

「ぜひお願いします！　本物の『人魚姫』を読みたいんです！」

ひなたが力をこめて言ったところ、アンデルセンはのろのろと羽根ペンを取りだし、ブックを開いた。

「もう盗まれたキーパーツはわかっているんですか？」

「あたりまえだよ。今回は特に簡単じゃないか。『王子が本当に愛した人』だ。王子が本当に愛するはずだった人間の姫君。あの姫君がいっさい出てこなかったから、王子は人魚姫を愛するようになって、ハッピーエンドにつながったんだよ。……きみ、ほんとにぼくの『人魚姫』を忘れちゃっているんだね。」

なげかわしげにため息をつきながら、アンデルセンはそれでも羽根ペンを動かし、ブックに「王子が本当に愛した人」と書きこんだ。

ぱあっと、ブックが光をはなち、みるみる「人魚姫」の物語が巻き戻されて

いった。

ひなたとアンデルセンは前半部分を飛ばし、後半部分から読んでいった。

人間となり、無事に王子と再会できた人魚姫。だが、王子は人魚姫ではない人を愛し、その人を花嫁に選んでしまう。

そして、いよいよクライマックスのシーンがやってきた。

教会で結婚式をあげたあと、王子と姫君、そしてみんなは船に乗りこみました。日が沈むと、色とりどりのランプがともされ、甲板でダンスが始まりました。ふたりのために、人魚姫は踊りに踊りました。こんなにもすばらしく踊ったことはありません。足の痛みも気になりませんでした。胸の痛みのほうがずっとこたえたからです。

王子のために、家族も故郷も美しい声すらも捨ててきたのに、もはや希望はありません。こうして踊るのも、今夜かぎり。朝がくれば、死ぬ運命が待ち受けているのです。それでも人魚姫は笑顔のままでいました。

そして宴が終わり、みんなが寝静まると、人魚姫はひとりで船の手すりによりかかり、明るくなってくる東の空を見つめました。

と、ふいに海からお姉さんたちが顔を出しました。みんな青ざめ、美しかった長い髪は根元から断ち切られていました。

「わたしたち、あなたを死なせないために、海の魔女のところに行ったの。そして、髪と引き換えに、この鋭い短剣を手に入れたのよ。お日さまがのぼる前に、この短剣で王子の心臓を刺しなさい。その血が足にふりかかれば、また人魚に戻れるわ。王子を殺して、わたしたちのところに帰ってらっしゃい。さあ、早く！　もうじきお日さまがのぼってしまう！　そうなったら、あなたは死んでしまうのよ！」

そう言って、お姉さんたちは短剣を人魚姫に渡し、ふたたび海の中に消えていきました。

人魚姫はこっそり王子の船室に入りました。中では、王子と花嫁がよりそって眠っていました。

人魚姫が王子の額にキスをすると、王子は眠ったまま花嫁の名前を呼びまし

た。王子の心にあるのは花嫁ただひとりだったのです。人魚姫の手の中で、短剣がぶるっとふるえました。

次の瞬間、人魚姫は窓から短剣を海へと投げ捨てました。そして、最後にもう一度だけ王子を見たあと、自分も海に身をおどらせたのです。

その時、ちょうどお日さまがのぼり、人魚姫は泡となっていきました。ですが、消え去ることはなく、空気のように軽くなって、上へとのぼりだしたのです。空中には、同じように透きとおった美しいものたちがたくさんただよっていました。

それは空気の娘たちでした。

とまどう人魚姫に、空気の娘たちは教えてくれました。

「わたしたちは蒸し暑い国に涼しい風を吹かせたり、花のかおりをふりまいて、さわやかな心地にしたりするのです。そうして３００年、できるだけよいことをすれば、不死の魂をさずかり、天国に行くことができるのです。」

この時、下のほうが騒がしくなりました。

見れば、船では、王子と花嫁が人魚姫をさがしていました。ふたりとも、悲しそうに海のほうを見つめています。

人魚姫は花嫁の額にキスし、王子ににっこりほほえみかけてから、空気の娘たちといっしょに空にのぼっていきました。

修復された「人魚姫」を読み終わり、ひなたは大きく息をついた。

正直、ちょっと泣きそうだった。

やっぱり人魚姫は助からなかった。王子のために何もかも捨ててきたのに、その愛は結局報われなかった。なんて悲しいことだろうか。

だが……。

人魚姫は誰もうらまない。王子のことも、ライバルである姫君のことも。さらに、『王子を殺せば、また人魚に戻れる。』と教わっても、それでも愛する王子を殺さずに、死んでいくことを選ぶのだ。

幼稚園の頃は、この終わり方が悲しくてつらくて、大嫌いだった。今、こうして

読んでみても、好きではない。だが、なんとも心に刺さる終わり方だ。これを読んでしまうと、さっきのハッピーエンドがすごく薄っぺらいものに思えてしまう。

だが、ひなたがそう言おうとする前に、アンデルセンは顔をくしゃくしゃにしたのだ。

「そんな長々考えるなんて！　や、やっぱりにせもののほうがいいって、そう思っているんだね！」

「ち、違います！　アンデルセンさんの『人魚姫』がいちばんです！　やっぱりアンデルセンって、すごい作家なんだなって、感心しました。」

それは本心からの言葉だったが、アンデルセンは信じようとしなかった。

「そんな言葉でだまされるものか。ああ、もうやだ！　これだから壊れた物語の世界になんか来たくなかったんだよ。心がずたずたにされる気分だ。ああ、なんてぼくはみじめで不幸なんだ。だめだ。耐えられない。いっそのこと、もう修復作業なんてやめてしまいたい！」

ぎゃあぎゃあわめくアンデルセンに、ひなたはイラッときた。今のは本気でほめたのに、信じてくれないなんて。こちらはいっしょうけんめい、アンデルセンのことを考えて、気をつかっているのに。

紫織に拒絶された時と同じむかつきを感じ、ひなたはアンデルセンのことがひどく憎たらしくなった。

　なだめるのもばかばかしくなり、ひなたは声を強めて言った。

「もう！　じゃあ、もういいですよ。信じてくれなくたって。で、これからどうするんですか？　ずっとここにいるわけにはいかないんでしょ？」

　ひなたたちは今、あの白い空間に戻ってきていた。これはすなわち、まだ修復しなければならない物語が残っているということだ。

「あたし、夕方までに家に帰らないと。家族が心配するもの。……それに、いつまでもここにいたくないし。」

　そう訴えるひなたに、はあっと、アンデルセンは深いため息をついた。そして、ひなたの顔を見ようともしないで、ブックだけを投げやりに差しだしてきた。

「そんなに言うなら、きみは先に進めばいい。ほら、ブックは貸してあげる。続きの物語を読んでいって、おかしなところがあったら、盗まれたキーパーツが何か、きみが考えて答えを書きこめばいい。３回答えを間違うと、物語の中に閉じこめられてしまうけど、２回までなら大丈夫だから、挑戦してみたら？　もっとも、おかしなままのほうがいい物語になっているかもしれないけどね。」

「……アンデルセンさんはいっしょに行かないんですか？」

「今は無理。ってことで、ぼくはちょっとひと眠りするよ。このままじゃ心がおかしくなってしまいそうだからね。」

　そう言って、アンデルセンは本当に寝転がってしまった。だが、目を閉じる前に、コートのポケットから１枚のカードを取りだして、胸の上に置いた。カードには「死んでいません。」と書いてあった。

　ひなたは目をぱちくりさせた。

「……なんですか、そのカード？」

「ぼくが生きていた頃、ちょっとした事件があったんだよ。人が生きたまま、お墓に入れられそうになったんだ。寝ていただけなのに、死んだと思われてしまってね。土に埋められる前に目を覚まして、棺桶から出ることができたそうだけど。」

「うわ、こわっ！」

「そうだろう？　それを聞いてから、ぼくはもうおそろしくてね。もしかしたら、熟睡中のぼくの寝顔は、死人のように見えるかもしれない。そのまま棺桶に入れられてしまうかもしれない。目を覚ましたら土の下だなんて、絶対にごめんだ。そうならないよう、こうして用心のため、カードをかけるようにしたわけさ。」

「………」

「ほら、時間が気になるんなら、早く続きの物語を読めばいいよ。ここに戻ってきたい時は、『人魚姫』の最後のページをもう一度読めばいい。……戻ってきても、ぼくに感想は言わなくていいよ。きみの言葉は、ぼくの胸をえぐるものが多いからね。」

　いやみを言って、アンデルセンは今度こそ目を閉じてしまった。

　ひなたはあきれるやらむかつくやらで、口をひんまげた。いいだろう。そんなに言うなら、ひとりで物語の続きを読んでやろうではないか。ちょっと心細くはある

が、アンデルセンがそばにいないほうが、ずっと楽な気がする。

　ひなたはがしっとブックをつかんだ。

「それじゃ少し休んでてください。あたしだけでちょっと調べてきます。」

「えっ？　ちょっ！　ほんとに行っちゃうの？」

　驚いたように跳ね起きるアンデルセンを無視して、ひなたはブックの「人魚姫」の次のページをめくった。「マッチ売りの少女」というタイトルを読んだとたん、ひなたはまったく見知らぬ町の中に立っていた。

　一方、ひとり残されたアンデルセンは、しばらくの間、ぼうぜんとしていた。と、その目にあらたな涙がわきあがってきた。

「ひどいよ。本当にひとりで行ってしまうなんて……あんまりじゃないか、ひなた君。も、もう少し時間をくれれば、ぼくだって立ち直れたのに。時間さえくれれば、ひぐ、ううっ……。」

「本当にひどい話ですね。」

洟をするアンデルセンの背後から、ふいに鈴を転がすような声が聞こえてきた。

あわててふりむいたアンデルセンは、目を丸くした。そこには、とても美しい女の人が立っていたのだ。

「き、きみは……。」

「おひさしぶりですね、ハンス。やっと再会できて、こんなにうれしいことはありませんわ。」

そう言って、女の人はにっこりとほほえんだ。

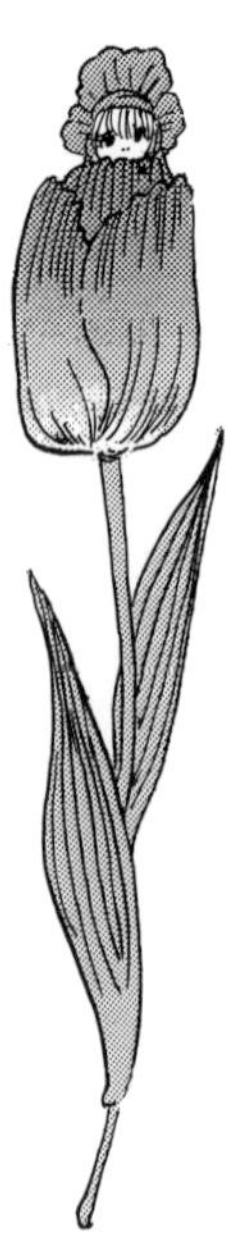

第7章
現れた敵！
story 7

「マッチ売りの少女」の中に入ったひなたは、周囲を見た。

寒々しい石造りの町だった。時刻は夜で、人通りは少なく、何より身を切られるように寒かった。雪も降っており、鼻先や指先が、みるみるかじかんでくる。

がたがたふるえながら、ひなたはなげいた。

「よりにもよって……『マッチ売りの少女』だなんて、やだなぁ。」

読んだことのある物語の中で、いちばん嫌いだった物語だ。理由は簡単。主人公の女の子が死んでしまって、とても悲しいから。

「アンデルセンさん、自分は死ぬことをものすごくこわがっているくせに、登場人物は容赦なく死なせちゃうんだから。もっとキャラクターを幸せにしてあげればいいのに。」

そんなことを思いながら、ひなたはまずは冷たい風をしのげる場所をさがすことにした。このままでは寒くて、ブックのページをめくることもままならないからだ。

だが、建物と建物のすき間に駆けよろうとしたところ、そこには先客がいた。小さな女の子がちぢこまるようにしてすわっていたのだ。

はだしで、マッチの束を手に持ち、ぼろぼろのエプロンにもマッチをつめこんでいる女の子。この子こそ、この「マッチ売りの少女」の主人公に違いないと、ひなたは確信した。

寒い冬の夜に、たったひとりでマッチを売りあるく貧しい少女。寒さに耐えかねて、マッチをすると、その炎の中にすてきな幻を見る。少女は次々とマッチをすっていき、最後は大好きだったおばあさんの幻を見ながら死んでしまうのだ。

それが「マッチ売りの少女」の物語。

幼い頃のひなたは、このかわいそうな少女を助けたいと、どれほど思っただろう。でも、物語を変えることはできなくて、だから「マッチ売りの少女」自体が嫌いになったのだ。

そして今、その物語の主人公が目のまえにいる。女の子の顔は真っ青で、今にも死んでしまいそうだ。

同情がわきあがり、ひなたは胸がきりきりした。

ああ、助けてあげたい。なんとかして救ってあげたい。

その想いが強すぎて、ひなたは思わず女の子に駆けよってしまった。物語を修復しなくてはいけないことも、頭から吹き飛んでいた。

「大丈夫？　しっかりして！」

声をかけたところ、女の子はひなたを見上げ、よわよわしくほほえんだ。

「おねえちゃん、誰？」

「あたしはひなたっていうの。ほら、立って。ここにいちゃだめ。家はどこ？　送っていってあげるから、道を教えて。」

「おうちには帰れないの。今日はマッチが一本も売れなかったから、帰ったら、お父さんにぶたれちゃう。それに、おうちの中もとっても寒いの。」

「それじゃ……もっと通りのほうに出よう。そこで、誰かに助けてもらわないと。」

第7章　現れた敵！

「誰も助けてくれない。……おねえちゃんも寒そうね。ほら、マッチをあげる。小さな火でも、ちょっとはあたたかいかもしれないよ。」

「だめ！　そのマッチをすっちゃだめ！」

ひなたはあわてて止めた。

マッチの火がついてしまったが最後、女の子は幻を見てしまうだろう。その幻にとらわれ、生きようとする力を失ってしまうだろう。そうならないためにも、絶対にマッチをすらせてはいけないと、ひなたは思った。

だが、女の子はひなたの手をふりはらい、今にもマッチをすろうとする。寒くて寒くて、ひなたの警告など頭に入らない様子だ。

そのあわれな姿に、ひなたは胸が苦しくなった。

助けたい。せめて今だけは、自分がこの物語の世界にいる今だけは、この子を助けてあげたい。そのためだったら……。

ふいに思いついたアイディアを、ひなたは後先考えずに実行してしまった。ブックを開き、さっきアンデルセンがやったように、羽根ペンでページに言葉を書きこ

んだのだ。

「親切なやさしい人」と。

昔から、ひなたはずっと不思議に思っていたのだ。「どうして、小さな女の子が夜の町を歩いているのに、誰も声をかけたり、助けてあげたりしないのだろう？」と。「ひとりでも親切な人がいれば、女の子は救われたかもしれないのに」と。

そんなキャラクターをこの物語の中には登場させたい。書くことで欠けたキーパーツを戻せるなら、物語に足りないものを加えることだってできるはずだ。

「お願い！　お願いだから、うまくいって！」

ブックが光った。これまでとは違う黒ずんだ光だった。

ちょっとまずかっただろうかと、ひなたはひるみつつページを見つめた。それまでの文章が消えていき、新しい文章が浮かびあがってくるところだった。


雪が降る大みそかの夜、ひとりのみすぼらしい少女がはだしで通りを歩いていました。マッチを売っているのですが、今日は誰も買ってくれず、お金をめぐんでく

れる人もいませんでした。

家に帰れば、お父さんにぶたれてしまうので、少女は寒さにふるえながら歩きつづけるしかありませんでした。通りの建物の窓からは光がもれており、ガチョウの丸焼きの匂いがただよっているというのに。

あわれな少女は、ついに建物のすき間にうずくまり、マッチを1本すりました。マッチの火があれば、少しはあたたまると思ったのです。

しゅっと、火がともりました。すると、大きなストーブが現れ、なんとも気持ちよくあたたかく燃えだしたではありませんか。

でも、そのストーブはすぐに消えてしまいました。少女は燃えつきたマッチを持ってすわっていました。

少女は2本目のマッチをすりました。

今度は建物の壁がレースのように透きとおり、ごちそうを山のようにのせたテーブルが見えました。大きなガチョウの丸焼きがお皿から飛びおり、よたよたと

少女のほうへ近づいてきました。

　が、ここでマッチが燃えつきて、ごちそうの幻は消えてしまいました。

　少女がさらにマッチをすると、今度はすばらしいクリスマスツリーが見えました。が、これもすぐに消えました。

　4本目をすったところ、あたりがぱっと明るくなりました。その光の中に、やさしげなおばあさんが立っていました。少女はさけびました。

「おばあさん。わたしを連れていって！　マッチの火が消えたら、おばあさんも消えてしまうんでしょう？」

　少女はありったけのマッチに火をつけました。おばあさんをしっかり引き止めようと思ったのです。

真昼のように明るくなる中、おばあさんがにっこりとほほえみました。でも、少女に近づこうとはせず、だきしめてもくれませんでした。ただ、「連れていくのはまた今度ね。でも、大丈夫。もう心配はいらないから。」と、言ったのです。

光の中にとけこんでいくおばあさんに、少女は必死に手を伸ばしました。

そして、はっと気づけば、あたたかく、ふかふかのベッドの中にいたのです。

驚く少女に、やさしそうな男の人と女の人がかがみこんできました。ふたりは夫婦で、家の外に明かりがともっていることに気づき、様子を見に行ったところ、凍え死にしかけていた少女を見つけて、助けてくれたのでした。

暖炉のまえにすわらせてもらい、熱々のスープを飲みながら、少女は自分の身の上や、マッチの火の中に見えた幻のことを夫婦にすべて話しました。

話を聞き終える頃には、奥さんの目には涙が浮かんでいました。奥さんは旦那さんに言いました。

「ねえ、あなた。この子をうちの子にしましょうよ。これは神さまのおめぐみです

よ。子どもをほしがっているわたしたちに、かわいい娘をさずけてくださったんです。」

「じつは、ぼくもそう言おうとしていたところなんだよ。うん。ぜひそうしよう。ということで、安心してゆっくりお休み。ここはきみの家で、わたしたちがきみの新しいお父さんとお母さんだからね。」

ふたりに頭をなでられ、少女はうれしそうに笑いました。

ちょうどその時、古い年が終わり、新しい年がやってきました。新年の夜空には星が輝いていましたが、マッチ売りの少女の目ほど輝いているものは一つとてありませんでした。

「マッチ売りの少女」の物語はそこで終わっていた。ひなたが望んだとおり、女の子が助かるハッピーエンドになったわけだ。

だが……。

どういうわけか、ひなたはしっくりこなかった。最初からもう一度読み直してみ

第7章　現れた敵！

たが、やはり胸がもやもやする。

なんでだろうと、ひなたはわけがわからず、首をかしげた。

こっちの終わり方のほうがずっと思いやりに満ちていて、いいはずなのに。元どおりにしたら、女の子は死んでしまうというのに。それなのに、なぜ、このままにしておいてはいけない気がするのだろう？

落ちつかない気分になるひなたを、さらなるショックが襲った。

ブックの表紙が、３分の１ほど、燃えかすのように黒くなってしまっていたのだ。

これはまずいと、見た瞬間に思った。たぶん、いや、絶対にひなたのせいだ。ひなたが本来登場しないはずの「親切なやさしい人」なんて言葉を書いたから、ブックが黒くなったに違いない。

ひなたはすごくこわくなり、ひざががくがくしはじめた。もやもやなど感じている場合ではない。今すぐ物語を元に戻したほうがいい。

だが、書いた言葉を取り消す方法がわからなかった。

ひなたはいったんアンデルセンのところに戻ろうと決めた。アンデルセンに、どうして「マッチ売りの少女」のラストをあんな悲しいものにしたのか、聞いてみよう。そうすれば……きっと納得できる。納得さえできれば、

「ごめんなさい。あたしが変えちゃった『マッチ売りの少女』を元どおりにして。」と、アンデルセンにたのむ勇気も生まれるだろう。

そう思い、「人魚姫」のラストを読もうとページをめくったところで、ひなたはぎょっとした。「人魚姫」のページがどろりとねばつき、腐った果物のように黒く染まりつつあったのだ。

「な、何これ！　え？　まさか、これもあたしのせい？」

何がなんだかわからないが、大問題が起きているのは間違いない。このままではブックが完全にだめになってしまいそうだ。ストーリーマスターのアンデルセンの力があれば、なんとかなるだろうか。

悪臭すらはなちだしたページを、ひなたはがまんしてのぞきこんだ。そうして、アンデルセンのところに戻ったのだ。

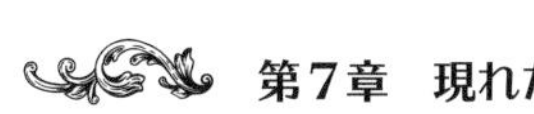

第7章　現れた敵！

だが、そこでもやはり異常は起きていた。あの白い不思議な空間は、じわじわと漆黒に満たされていっていたのだ。

だが、アンデルセンは泣いてもおびえてもいなかった。見たこともない真っ黒な本を手に持ち、そのページに一心不乱の様子で羽根ペンを走らせているではないか。

その横には女の人がいた。優雅なドレスを着たきれいな人だったが、見た瞬間、ひなたはぞっとした。その人はすごく冷たい目をして、にたにたと笑いながらアンデルセンを見下ろしていたからだ。

かたまっているひなたに気づかぬまま、女の人は本を書くアンデルセンにもたれかかり、とろけるように甘い声でささやいた。

「そうよ、ハンス。その調子。どんどん書き直していってちょうだい。」

「……どうしてもこうしなくちゃいけないんだね？」

「ええ、ぜひともそうして。あなたはまだまだ書きたいものがあるのでしょう？あなたの頭の中には物語の泉がある。でも、わきあがる物語をどんなに書いても、

その作品を現世の人々に読んでもらうことはできないわ。なんといっても、あなたはすでに亡くなっているんですものね。」

「………」

「でも、グライモンさまの力があれば、それができる。あなたの新しい作品を、『誰にも知られていなかったアンデルセンの作品が見つかった！』として、世の中に広めることができるのよ。そうなれば、あなたの名声はますます高まることでしょう。そして、今度こそ、あなたは愛するわたしを手に入れられる。これ以上の幸せはないはず。そうではなくて？」

「そ、そうだね。これはきみのため、になるんだよね、ジェニー？」

「そうよ。そのとおりよ。だから、これまでの物語を書き換えていって。あなたの手で書き換えなくてはだめなの。新しい幸せのためなら、古いものは切り捨てられるでしょう？」

「う、うん。やるよ。きみのためだからね。」

「すてきよ、ハンス。さあ、もっと集中して。『人魚姫』も『赤いくつ』も『パンをふんだ娘』も、苦しみやつらいことがいっさい起こらない、やさしさと愛だけがあふれている物語にするのよ。あと、できるだけ単純で短いものにして。そのほうが、今の人たちが読みやすいから。むずかしいだろうけど、やってちょうだい。」

「わかった。」

ふたりのやりとりを聞いて、ひなたは理解した。

この女は、魔王グライモンの手先に違いない。そして、アンデルセンをそそのかし、これまでの彼の物語を書き換えさせていっているのだ。

苦しみやつらいことが起こらない物語。やさしさと愛だけがあふれている物語。ひなたが好きなのはそういうシンプルな物語だ。だが、それは……。

「そんなの、アンデルセン童話じゃない！」

怒りにかられ、ひなたはまえに飛びだしていった。驚いたようにあとずさりする女の人を押しのけ、ひなたはアンデルセンにすがりついた。

「アンデルセンさん！　しっかりして！　アンデルセンさん！」

だが、アンデルセンはひなたを見ようともしなかった。その目は膜がはったように白くにごり、羽根ペンをにぎった手は止まることなく黒い本に文字を書きつづけていく。

何を書いているのかと、ひなたはアンデルセンの手元をのぞきこんだ。

「人魚姫は愛する王子のもとに行くため、やさしい海の魔女にたのんで、人間になる薬を作ってもらいました。そして人間になった人魚姫は、見事、王子の心をつかみ、結婚したのです。めでたしめでたし……。って、そんなことしちゃだめです！　自分の物語をだいなしにしないで！　あんなに大事にしていた物語でしょ？　アンデルセンさんってば！」

「無駄よ。」

あざけるような声がうしろからひびいてきた。

ふりむけば、そこにはひらひらのドレスを着た、人形のようにかわいい少女がいた。さっきの女の人と同一人物だと、ひなたはすぐに気づいた。姿や服は違っていても、その冷たいまなざしは同じだったからだ。

少女はにたっとした笑みを浮かべ、わざとらしくおじぎをしてきた。

第7章　現れた敵！

「はじめまして。わたしは天邪鬼のあめの。あなたはなんて名前なのかしら？」

「……アンデルセンさんに何をしたの？」

「あら、こちらは名乗ったのに、無視する気？　ずいぶん礼儀知らずね。まあ、いいけど。アンデルセンのことだけど、こっちの陣営に寝返ってもらったのよ。」

とても簡単だったたと、あめのはくすくすと笑った。

「知ってるかしら？　このアンデルセンって人間はね、かなり苦労してきた人なのよ。貧しい生まれで、何度も挫折を味わい、恋もことごとく失敗している。その苦しみの中で、彼は飢えたの。」

「飢えた？」

「そう。美しいもの、崇高なもの、そして貴族や上流階級の人間へのあこがれとねたみが、彼の才能を研ぎ澄ませていった。彼の生みだした作品は苦しみや理不尽に満ちていて、残酷だけど美しい。ファンタジーであっても、そこには〝真実〟がある。たいした才能だと、わたしも思うわ。」

「………」

「でもまあ、人となりのほうはとても単純よ。ものすごくプライドが高く、情けないほど傷つきやすい。そして、過去にとらわれている。どんなに成功しても、アンデルセンは自分が不幸でみじめだったことを忘れられないのよ。やたらじまん話をするのもそのせい。ほんと、ばかよね。過ぎてしまったことなんて、気にしなくたっていいのにね。」

ばっさりとアンデルセンのことを切り捨てるあめの。その口ぶりは本当に冷たく、あざけりに満ちていた。

ひなたは怒りがこみあげてきた。

ひなただって、アンデルセンはやっかいな性格の持ち主だと思う。さんざん迷惑をかけられたし、じまん話とぐちは多いし、相手をするのはかなり面倒だった。だが、こうして容赦なくアンデルセンをばかにされると、ものすごく腹が立つ。どうにもがまんできず、ひなたはどなった。

「やめてよ！　アンデルセンさんを悪く言わないで！」

「あら、どうして？　てっきり、あなたもわたしと同じタイプだと思ったんだけど。」

「同じタイプ？」

「そう。今が楽しければそれでいい。いやな出来事は忘れてしまえばいい。あなた、そういうタイプでしょ？」

　いっしょにしないでと、ひなたはさけび返そうとした。が、できなかった。「たしかにそうかも。」と、思ってしまったのだ。

　頭をよぎったのは、またしても紫織のことだった。あの子の気持ちを考えもしないで、「いじめのことは忘れたほうがいい。」なんて、言うべきではなかったかもしれない。

　ひなたの心に、ちくりと、痛みが走った。

　ふふんと、あめのが笑った。

「あら、何か後悔しているみたいね。ってことは、思いあたることがあるのかしら？　いいじゃないの。あなたみたいな無神経な子、わたしは嫌いじゃなくてよ。」

「む、無神経？　ちょっと！　なんでそんなこと言われなきゃいけないの？　それに、アンデルセンさんだってね、そこまでばかにされるような人じゃないんだからね！　だ、だって、あれだけすごい作品を書けるんだから！」

「そうね。こうも情けない性格だからこそ、あれだけの作品が書けたのかもしれないわね。そして、こういう人間は、認められたいという虚栄心をくすぐってやれば、こちらの思いどおりに動いてくれるものよ。念のため、『人魚姫』から盗んだ『王子が本当に愛した人』のキーパーツを使って、彼が恋いこがれたオペラ歌手、ジェニー・リンドの姿になったけれど、その必要すらなかったかもしれないわね。ほら、彼を見て。もうすっかりその気になって、わたしたちの会話すら聞こえていないわ。このままどんどん、自分の作品をつまらなくしていってくれるでしょうねえ。」

ぼくはすごいんだ。だから、もっとぼくを見て。ほめて。たいせつにして。かまって。

アンデルセンのそういう気持ちを、あめのは見事にとらえて利用したということだ。

だが、その理由が、ひなたにはわからなかった。

「……なんで、そんなことさせたいの？　アンデルセンさんのことをばかにしてるくせに、な、なんで味方にしたいのよ？」

「あら、わからない？　あなた、相当な鈍感ね。考えてもみてよ。物悲しい最後が多いアンデルセン童話が、どれもこれもぴかぴかと、吐き気がするようなハッピーエンドになったら、どうなると思う？　あなたも、実際にアンデルセンワールドに入って、グライモンさまがキーパーツを抜き取った物語をいくつか見てきたわけでしょ？　それらを見て、どう感じた？」

「それは……。」

「つまらなかったでしょ？　安っぽくてありふれた物語は、読みやすくて楽しいけれど、心に残らない。いずれは、彼の名前と共に忘れられていく。世界じゅうで読まれているアンデルセン童話がだめになれば、人間にとっては大きな損害よ。で、そうなることが魔王グライモンさまのねらいってわけ。」

あめのの言葉で、ひなたはやっと理解した。

そうだ。アンデルセンの童話は好き嫌いに関係なく、心に残るのだ。さびしかったり、悲しかったりする物語であっても、そこには「何か」がある。だから、何百年にもわたって、人々に愛され、読まれてきたのだ。

実際、ひなたはアンデルセンの物語を覚えていた。そんなに本好きではないし、アンデルセン童話は苦手だったのに、それなのに覚えていた。

たぶん、アンデルセンの物語が胸が痛くなるほど残酷で、理不尽で、でも美しかったからだ。

アンデルセンはさっき言っていた。「理不尽なことは世の中のそこらじゅうに転がっている。」と。

彼はそうしたことをたくさん味わってきたのだろう。その苦しさやつらさを、作品の中にねりこみ、彼にしか書けないものへとみがきあげていったに違いない。何一つ変えてはいけない。アンデルセンの物語は、彼が書いたままであるべきだ。

ひなたはぐっと体に力を入れて、あめのをにらみつけた。

「そんなことさせない！　見てなさいよ！　アンデルセンさんの目を覚まさせて、『人魚姫』も『マッチ売りの少女』も、元に戻してもらうんだから！」

「『マッチ売りの少女』？」

余裕たっぷりだったあめのの顔が、一瞬、きょとんとしたものとなった。

「わたしたち、それには手を出していないけど。」

「あ……。」

「ははあ、そうか。そういうことなのね。」

あめのは勝ち誇った笑みを浮かべた。

「あなた、勝手に『マッチ売りの少女』を変えてしまったのね？　主人公が死なずにすむエンディングにしたんでしょう？　だったら、わたしたちと同じ穴のむじなってことじゃないの。」

「ち、違う！　そんなつもり、なかったし。それに、あとでちゃんと直すもの！」

「あら、ほんと？　そうなったら、また悲しいエンディングになってしまうけど、いいの？」

いやらしい口調で言われ、ひなたはぐっと言葉につまった。助けてほしくて、アンデルセンのほうを振り返ったが、彼はこちらを見ようともしない。

あめのがあざけるように言った。

「無駄だって、さっき言ったでしょ？　アンデルセンはもうしっかりわたしの術にかかってしまっているもの。すべての物語を書き換えるまで、ペンを動かしつづけるわ。ね、そんなことより、あなたのことを話しましょうよ。」

あめのの声がハチミツのように甘くなった。

「アンデルセンの物語を書き換えるなんて、あなた、なかなか見どころがあるわ。わたしたちの仲間になりなさいな。何かをだいなしにするって、すごく楽しいわよ。それまで積みあげてきたものを、うわああって、破壊するの。気分がすっきりするわ。たとえば、そうね、あなたのやさしさをふみにじった子を破滅させてやるっていうのはどう？」

ひなたの頭に、紫織のことが浮かんできた。とたん、あめのがにたりとして、うなずいた。

「そうよ。その子のことよ。」

「ひっ！」

心が読みとられているのだと、ひなたはぞっとした。

あわててアンデルセンのかげに隠れたが、そんなことはまったく意味がなかった。あめのはねっとりとした口調で、どんどんささやいてきたからだ。

「よかれと思ってしたことが裏目に出るって、最悪の気分でしょ？　それを発散させてあげる。発散させる勇気をあげる。……あなたの心を傷つけた相手を、めちゃめちゃにしてやりなさいよ。報復してやるの。」

「ほ、報復なんて、し、しない！」

「あら、べつに自分で手を下す必要なんてないのよ。あなた、友だちがたくさんいるでしょ？　その子たちに言ってやればいい。自分がどんな目にあって、どんなに傷ついたかをね。そうすれば、お友だちがよってたかって憎らしい子を責めて、追いつめてくれるわよ。で、あなたはそれを遠くから見ていればいい。そうする権利が、あなたにはあるんだから。」

あめのの提案は魅力的だった。魅力的だと思ってしまったことに、ひなたはふるえた。自分の中に、そんなネガティブな感情があったなんて、思いもしなかったことだ。

だが、どうしようもなかった。正直なところ、申し訳ないことをしたと思いつつも、ひなたは紫織のことをまだ怒っていたからだ。

紫織は、ひなたみたいな子にいじめられたと言っていた。きっとすごくつらかったのだろう。だが、ひなたはそもそもその子とはなんの関係もない。そんなふうに思われるなんて、侮辱もいいところだ。あんなひどいことを言われる筋合いはなかったはずなのに。

……許せない。許さない。

「そうよ。許しちゃだめ。許す必要なんてないんだから。……復讐してやりなさいよ。ちょっとお仕置きしてやりなさいよ。」

あめのは言葉巧みに、復讐の楽しさをこちらにささやいてくる。その一言一言が、ひなたの紫織への怒りをかきたて、大きくしていく。

第7章　現れた敵！

ひなたは苦しくてたまらなくなった。

どうしよう。あめのの言葉がどんどん正しいものに思えてくる。いけないとわかっているのに、惹きつけられてしまう。いっそ、うなずいてしまおうか。あめのが言うとおり、自分にはそうする権利があるはずだ。だって、先に傷つけられたのは、自分のほうなのだから。やられたらやり返す。そうするべきだ。

ひなたはあめのを見た。あめのはにっこり笑っていた。その笑顔を見ると、急にあめののことが最高の友だちに思えてきた。

そうだ。あの子は世界一の親友で、あたしのことをいちばんに思ってくれている。どうすれば紫織に手ひどくダメージを与えられるか、その方法も知っているだろう。

いろいろ教えてもらいたいと、ひなたはあめのに向かって1歩、足をふみだした。

どぶん。

重たい音がして、足が何かにめりこむのを感じた。

見れば、真っ黒などろが足元をおおいつくしていた。アンデルセンの手で壊されている物語が、黒いブックからあふれ、したたり、いつのまにか大きな沼のように広がっていたのだ。

きたないどろが、ひなたには自分の心そのものに見えた。そして、このきたないものに満ちた世界が、あめのと魔王が望んでいるものなのだ。

夢から覚めた気分で、ひなたはあめのに目を戻した。あいかわらず、あめのは笑顔だった。

こっちにいらっしゃい。わたしはあなたの友だちよ。

そう呼びかけてくる笑顔に、もうひなたはだまされなかった。友だちどころか、その笑みを見ると、ぞくっと、背筋に冷たいものが駆けあがってきた。あめのの目にはやさしさのかけらもなかったからだ。

こわい。

心底、恐怖がこみあげてきた。手足が泡になって、はじけて消えていってしまう気がする。

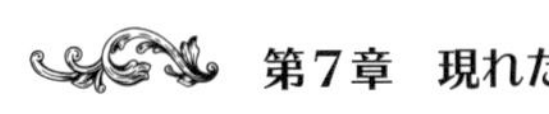

第7章　現れた敵！

もしかして、紫織もひなたを見ては、こういう恐怖感を覚えていたのだろうか？　だとしたら、本当に悪いことをした。特に、「もう忘れたほうがいい。」と言ったのは最悪だった。

こわいものを、そう簡単に忘れることはできない。

それを痛感しながら、ひなたは必死で考えた。なんとかしてこの状況を変えないと。カギはアンデルセンだとわかっていた。アンデルセンに、物語を書き換えることをやめさせなくては。そのためには……。

動け！　まえに出ろ！　あめのの悪意に引きずられるな！　戦え！

勇気をふりしぼり、ひなたは行動に出た。足元のどろをつかみとり、それをあめのに向かって投げつけたのだ。

どろは見事、あめのの顔のど真ん中にぶちあたり、びしゃっと、大きく広がった。

「ぎゃああああっ！」

あめのがおそろしい声をあげ、顔をかきむしりだした。

今だと、ひなたはアンデルセンに飛びついた。

「アンデルセンさん！　アンデルセンさん、こっちを見て！　手を止めて！　もうやめてください！」

だが、アンデルセンは目をぎらつかせながら、取り憑かれたようにペンを動かしていく。あれほどこだわっていた作品を、自分自身の手でだいなしにしていく姿は、魂を失ったゾンビのようだ。

そして、アンデルセンが書けば書くほど、黒いブックからはきたないものがしたたっていく。今は、ひなたがアンデルセンから預かった本物のブックからも、ねとっと同じものがにじみつつあった。

アンデルセンの心そのものが、失われつつあるのだと、ひなたは感じた。

それなら……。

書きつづけるアンデルセンに目を向けながら、ひなたは自分の心に浮かぶ言葉を正直に口に出していった。

「アンデルセンさん……。正直に言うとね、あたし、『赤いくつ』とか『マッチ売りの少女』とか、好きじゃなかった。だって、悲しい終わり方なんだもの。」

「………」

「でも、忘れられなかった。く、口ではうまく言えないけど、あの終わり方だから、あたし、ずっと覚えていたんだと思う。アンデルセンさんが書いたものは、悲しくて、つらいことがたくさん出てくるけど、だからこそ、心に残る物語なんだと思う。」

「………」

「だから、そのままでいいんです。変えちゃだめ。それに、アンデルセンさんはストーリーマスターなんでしょ？　物語を守る人なんでしょ？　お願いだから、物語を壊さないで。」

ひなたの言葉に、アンデルセンの手の動きが少しにぶったようだった。にぎられた羽根ペンがぶるぶるとふるえる。

そのすきをつくようにして、ひなたは自分が持っている本物のブックをさっと開いた。最初のページ、『アンデルセン童話集』とタイトルが入ったページを見てみたところ、作者の「ハンス・クリスチャン・アンデルセン」の名前がぐずぐずに崩れていた。

「やっぱり！」

自分の考えが当たっていると確信し、ひなたは大急ぎで羽根ペンでそのページに言葉を書きこんだ。

次の瞬間、いきなり頭のうしろをつかまれ、ぐいっと、のけぞらされた。

そこには目をらんらんと光らせたあめのがいた。

白い顔に黒いよごれをつけたまま、あめのは毒蛇のようにシュウシュウと言った。

「やってくれたわね。荒っぽいことは得意ではないけど、こんなことされたんじゃ、黙っちゃいられないわ。覚悟しなさいよ、小娘。あんたの顔をずたずたにしてやる。」

あめのが手をふりあげた。その指先にとがった爪がはえているのを見て、ひなたは悲鳴をあげた。

その時だ。
誰かがひなたの腕をつかんで、あめのから引きはがしてくれた。

第8章
アンデルセンの想い
story 8

「アンデルセンさん！」

アンデルセンだった。

術が解けたばかりなのだろう。その顔色は真っ青で、いかにも気分が悪そうだ。

それでもひなたをかばい、アンデルセンはあめのに向き合った。

「だ、だめだよ。暴力なんて、い、いけないことだ。」

「ハンスったら。だめじゃないの。」

あめのはさっと性悪な表情をひっこめ、まるで子どもをたしなめるように甘い声で言った。

「わたしは教えたはずよ。時間がないって。その子のことは放っておいて、早く改稿を進めなくては。あなたはわたしといっしょになりたくないの？　わたしのこと、愛していないの？」

「……ぼくが愛していたのは、本物のジェニーだよ。きみは……彼女じゃない。」

「あら、気づいてしまったわけね。でも、かまわないでしょ？　わたし、ジェニー・リンドそっくりになれるんだもの。ジェニーになって、いくらでもやさしい言葉をかけてあげるし、あなたのことだけを見てあげる。だから、わたしのお願いしたことをやりとげてよ。」

「だめ！」

これ以上、あめのにしゃべらせてはいけないと、ひなたはあめのに飛びかかって、体当たりを食らわせた。ふたりはどろの中に倒れこみ、まるでもつれた毛糸玉のように転がった。

「この！　は、はなしなさいよ！」

「アンデルセンさんは渡さない！　ぜ、絶対渡さない！」

取っ組み合うふたりの姿に、アンデルセンは目に涙を浮かべ、感極まったようにさけんだ。

「ああ、なんてことだ！　ふたりの女の子が、ぼくのために戦ってくれているなん

て！　ああ、ああっ！　ぼくのために争わないで！　ひ、ひなた君！　大丈夫かい？　ほら、ぼくの手をつかんで！」

アンデルセンが急いでひなたを助け起こした時には、ひなたはどろまみれとなっていた。

あめののほうは自力で立ちあがった。こちらも全身どろでよごれ、顔にはひなたがこしらえた引っかき傷ができていた。

もはや、あめのは少しもかわいらしく見えなかった。目がつりあがり、すさまじい怒りを浮かべたその顔は、悪鬼そのものだ。

あめのは絶叫した。

「このばか娘！　もう絶対許さない！　殺す！　殺してやる！」

「ひ、ひなた君に手を出さないでくれ！」

「うるさいわね！」

あめのは憎々しげにアンデルセンをどなりつけた。

「ぐだぐだ言ってないで、とっとと改稿を続けなさいよ！　この役立たずの変人！

根暗のナルシスト！　わかってる？　あんたみたいな人間、物語の才能がなかったら誰も相手になんかしないのよ。」

　ひゅっと、アンデルセンは胸を押さえて、息を短く吸いこんだ。ひなたは、アンデルセンが気絶してしまうのではと、ひやひやした。

　だが、アンデルセンはなんとかふみとどまり、目に涙を浮かべながらもあめのに言葉を返したのだ。

「やっぱりきみは……邪悪なものなんだね。ああ、言い伝えのとおりだ。悪魔はいとも愛らしいものに姿を変えて、誘惑してくる。」

「あ、あら、やだ。ハンス。違うの。今のはほんの冗談なの。聞いて。わたしの本心じゃないわ。」

　必死で取りつくろうとするあめのに、アンデルセンはゆっくりと近づいていった。そして、さっとポケットからひと束のロープを取りだすや、あれよあれよという間にあめののことを縛りあげてしまったのだ。

　こんなことをされると思っていなかったのだろう。あめのはぽかんと口を開け、抵抗する様子すら見せなかった。そして、我に返ったあめのがわめきだす前に、アンデルセンはあめのの口に大きなハンカチを丸めたものをつっこんで、ふさいでしまった。

「失礼。でも、きみの言葉はとても聞くに堪えない。しばらく、そのままでいてもらうよ。」

「ア、アンデルセンさん、よくロープなんて持っていましたね。」

「うん。生きていた頃からのくせでね。火事が起きた時のための用心さ。建物の2階や3階にいたとしても、ロープがあれば逃げられるから、いつも持ち歩いているんだよ。でも、こうして役に立ったのは初めてさ。ああ、それにしても、つ、つらかった。さっきのこの子の言葉ときたら！　ぼくの心は衝撃で粉々にな

りそうだったよ。」

「よくふんばりましたね、アンデルセンさん！　えらいです！」

ほめるひなたに、アンデルセンはほほえみ返した。

「それもこれも、きみのおかげだよ、ひなた君。」

「あたし？」

「そうとも。ジェニーの幻にたぶらかされて、ぼくの作家としての魂は、あの黒いブックの中に閉じこめられてしまっていた。だが、きみの呼びかけと機転のおかげで、助かった。よくぞ『アンデルセンの信念』って書いてくれたね！　きみがあれを書いてくれたから、ぼくは自分を取り戻すことができたんだよ。本当にありがとう！　それに……ぼくの物語はそのままでいいと言ってくれたことにも感謝するよ。術にかけられて、ぼんやりしていたけど、あの言葉はちゃんと聞こえたんだ。あれには本当に勇気づけられた。」

「アンデルセンさん……。」

ひなたはなんだか涙がこぼれそうになった。自分の言葉が、アンデルセンを勇気づけ、あめのがかけた術を破るきっかけになっただなんて、すごくうれしいことだ。

しかし、その感動は長くは続かなかった。ふいに、アンデルセンがふくれっつらになったのだ。

「……でも、きみが『赤いくつ』や『マッチ売りの少女』が嫌いだったとは、ちょっと、いや、かなりショックだよ。どうしてなんだい？　ねえねえ、悲しいのがいやって、どういうことなんだい？」

ねちねちと聞いてくるアンデルセンに、ひなたの涙はさっとひっこんだ。

やっぱりアンデルセンはアンデルセンだ。この性格はどうにもならないらしい。

言い訳を考えるのも面倒だったので、ひなたは逆に聞き返した。

「アンデルセンさんこそ、どうして『マッチ売りの少女』や『人魚姫』をああいう

ラストにしたんですか？　アンデルセンさんがその気になれば、うんとおもしろくて、すてきなハッピーエンドの物語を書けたはずでしょ？」

「そう思うかい？」

「うん。」

「そうかい。やっと、ひなた君はぼくの才能を認めてくれたんだね。うんうん。ありがと。では、答えてあげようね。どうして、ああいう最後にしたのか。それは……。」

急に突風が巻き起こり、アンデルセンとひなたは倒れそうになった。あわててふんばり、体勢を元どおりにした時には、そばにいたはずのあめのが消えていた。逃げたのかと、ひなたは青ざめながら周囲に目をこらした。そして、びくっとした。

10歩ほど離れた場所に、奇妙な姿をしたものが立っていたのだ。ド派手な衣装に奇妙な王冠をかぶり、ネズミとも竜とも人間ともつかない顔を持ち、長いしっぽをにょろりとうごめかせている。そのかぎづめのはえた手は、縛られたままのあめのをつかんでいた。

「グライモン！」

アンデルセンのさけびに、ひなたはおののいた。

やっと自分たちにハッピーエンドが近づいてきたと思っていたのに、ここにきて、よりにもよって敵の親分がやってきてしまうとは。

もうだめかもしれないと、本気で思った。

だが、グライモンはひなたやアンデルセンには見向きもせず、おもしろそうにあめのに話しかけたのだ。

「あめの、おぬしがしくじるとは思わなかったぞ。計画どおり、アンデルセンを手中におさめてくれると思ったのだが……さすがにストーリーマスターは手に余ったようだな。」

「むううっ！　んんんんっ！」

「むははは！　かまわぬ。言い訳も謝罪も無用ぞ。おぬしのおかげで、十分にキーパーツは集まった。これでなげきのオードブルが完成させられる。今宵はとってお

きのワインを開けて、じっくりと楽しむといたそう。ということで……。」

じろっと、グライモンはひなたたちに目をくれた。

「あめのは返してもらうぞよ。しくじったとはいえ、この小さな天邪鬼は予の大事な相棒ゆえな。……アンデルセンよ。おぬしのようになげきに満ちた者は、我が陣営にこそ居場所があると思うが、来る気はないかえ？」

「な、ないよ！　ぼくは、ま、魔王には屈しない！」

がたがたふるえながらも、アンデルセンは甲高くさけび返した。グライモンは肩をすくめた。

「ふむ。じっくりと説得したいところだが、じきに守護者もやってこようから、もう我らは行くとしよう。気持ちが変わったら、いつでも我が暴食城をたずねるがよい。最高の待遇でおぬしを迎えてやるぞよ。」

アンデルセンが「行かないよ！」とさけぶ前に、グライモンはあめのを連れて、さっと姿を消した。

そして、それと入れ替わるかのように、その場に大きな白猫が現れたのだ。

第8章　アンデルセンの想い

ひなたは猫の大きさと美しさに驚き、これが老いぼれ猫イッテンの本当の姿だと聞かされて、さらに驚いた。

世界の図書館の守護者は、あきれたようにアンデルセンを見た。

「じつに危ういところであったな、ハンス。まさかハニートラップにひっかかるとは思わなかったぞ。ひなたがいなかったら、どうなっていたことか。」

「わ、悪かったと思ってる。でも、愛する人の姿で近づかれて、つい心がぐらついてしまったんだよ。と言っても、この気持ち、イッテンにはわからないだろうけど。」

「ふん。ばかにするでないわ。数々の美しい猫たちと恋を楽しみ、猫のドン・ファンと呼ばれたわしじゃぞ。恋も愛も知りつくし、今でももてにもてとるわ！」

「……今日からきみのことは敵と見なすよ、イッテン。」

「ええい！　そんなことはいいから、さっさと自分の手で壊してしまった作品を書き直さんかい！　わしがひなたを元の場所に戻してくる間に、やっておくのじゃ！」

「わかってるよ。」

不満そうに口をとがらせたあと、アンデルセンはひなたのほうを見て言った。

「ということで、きみが帰る時間になってしまったね。……『最後の真珠』だ。」

「えっ？」

「さっきの質問の答えだよ。ぼくが書きたかったことがなんなのか、『最後の真珠』を読めば、わかってもらえると思う。……『最後の真珠』は読んだことあるかい？」

「それって、アンデルセンさんの作品の1つなんですか？」

「なんだい、それ？　ぼ、ぼくが『最後の真珠』という作品を書いたことすら知らないってこと？　うわ、ひどい！　ひどいよぉ！」

さけびだすアンデルセンを、ひなたはあわててなだめようとした。だが、すいっと、イッテンが割って入ってきた。

「放っておけい。どうせ、すぐにまた復活するわい。こやつは傷つきやすいが、人一倍根性もあるからの。さ、おぬしは帰るのじゃ。よくやってくれたの。礼を言うぞ。」

そう言って、イッテンは大きな桃色の舌で、ひなたの顔をなめた。ざりっと、やすりをかけられたかのような感じに、ひなたはひるんであとずさりをした。そして、背中を本棚にぶつけてしまった。

「え？　あれ？　こ、ここって学校の図書室？」

そう。一瞬にして、ひなたは学校の図書室に戻っていたのだ。

自分のいるべき世界に無事に戻ってきたのだと、ひなたはほっとした。

あんな大冒険をしてきたというのに、時計を見れば、ほとんど時間がたっていないことがわかった。

だが、ひなたは「あれは夢だった。」とはみじんも思わなかった。イッテンになめられた顔はまだひりひりしていたし、何よりアンデルセンのことがしっかりと頭の中に残っている。あれが夢であるはずがない。

「そうだ。『最後の真珠』！」

いったい、どこにあるのだろうと、ひなたは『アンデルセン童話集』のもくじを

開いて、さがしだそうとした。その時、ふいにうしろに気配を感じた。

振り返れば、顔をこわばらせた紫織が立っていた。

思わず身がまえるひなたに、紫織はつかえがちにあやまってきた。

「ごめんなさい。さっきは、その……言いすぎた。ほんとごめん。ただね……。」

「わかってる。」

ひなたは急いでさえぎった。アンデルセンと冒険してきたおかげで、世の中にはいろいろな人がいて、そしてそれでいいんだと学んだ。それに、自分の考え方を押しつけることが、どんなに相手を傷つけるかということも……。

「あたしのことをこわくなるくらい、いじめっ子にひどいことされたんだよね。なのに、忘れたほうがいいなんて、簡単に言っちゃってごめんね。あたしは紫織じゃないのに、自分の考え方を押しつけちゃったよね。」

「た、多々良さん？」

「……こわいって言ってくれて、ありがと。言われなかったら、気づけなかった。安心してよ。もうしつこく声をかけたりしないから。でも、無視もしないよ。ふつうにあいさつくらいはさせて。クラスメートなんだし、そのくらいはいいでしょ？」

ひなたの言葉に、紫織はびっくりしたような顔をしていた。が、やがてかすかに笑ってうなずいた。

「うん。……そうしてもらえると、助かる。ありがと。……何かさがしているの？」

「え？　ああ、うん。アンデルセンさんの書いた『最後の真珠』っていう物語を読みたいと思って。」

「アンデルセン、さん？　知り合いみたいに言うのね。」

「え、えっと……。」

「……『最後の真珠』のことだけど、その本には入っていないかも。でも、うちにあるから、明日持ってきてあげる。」

「いいの？」

「うん。だって、読みたいんでしょ？」

ありがとうと、ひなたは心からお礼を言った。

翌日、紫織は約束どおり、「最後の真珠」が入った本を持ってきてくれた。

お礼を言って、ひなたはすぐさまそれを読みだした。

「最後の真珠」

とあるお金持ちの家に、跡継ぎのぼうやが生まれました。

親切な妖精たちが、次々と贈りものの真珠を持ってきて、ぼうやの胸元を飾っていきました。

健康や、富や、幸福や、愛。

人間がほしがるものすべてが、それぞれの真珠にこめられていました。

でも、ぼうやの守護天使が言いました。

「これですべてではありませんね。最後の真珠が欠けています。」

「それはいけません。」

すぐさまこの家の守護霊が言いました。

「この家には欠けているものがあってはなりません。最後の真珠を持っている妖精のところに行きましょう。案内してください。」

そこで、守護天使は守護霊を連れて、最後の妖精のところに行きました。

たどりついた先は、大きな家でした。そこには悲しみが満ちていました。その家の奥さんが亡くなったのです。旦那さんと子どもたちは泣きながら、棺に横たわった奥さんと最後のお別れをしているところでした。

そして、最後の妖精がそこにいました。その妖精が涙をこぼすと、涙は虹色の真珠となりました。

守護天使はその真珠を手に取って言いました。

「これが悲しみの真珠。人生になくてはならない最後の真珠です。この世の栄光も権力も、これによって高められるのです！」

読み終わり、ひなたは小さくうなずいた。

アンデルセンと旅する前であれば、「何これ？　悲しみなんて、ないほうがいいじゃん。」と思ったことだろう。

だが、今は違う。

「なるほど。これが『人魚姫』や『赤いくつ』をハッピーエンドにしなかった答えってわけね。」

今こそ、アンデルセンが書きたかったことがなんであるかを、ひなたは理解したのだ。

epilogue
エピローグ

その夜、暴食城では魔王グライモンが望みどおりのひとときを過ごしていた。大きなお皿にもりつけた数々のオードブルを1つずつつまんでは、極上のワインと共に味わっていく。じつにすばらしく、楽しい時間だ。

早くもほろ酔い気分となったグライモンは、部屋の隅でひざをかかえてすわりこんでいる天邪鬼あめのに機嫌よく言った。

「そう落ちこむでない、あめの。アンデルセン獲得には至らなかったが、おぬしが時をかせいでくれたおかげで、このとおり、なげきのオードブルは完成した。予は満足しておるゆえ、気にすることはないぞ。」

「……それはありがとうございます。」

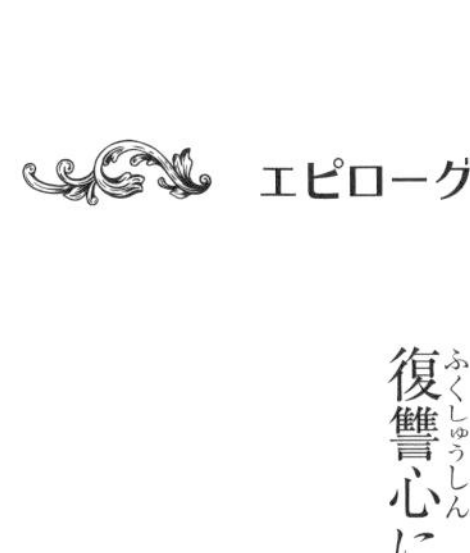

エピローグ

「ふむ。そっけない言い方じゃな。許してやると言っておるのに、何が不満なのじゃ？」

「……グライモンさまには感謝しています。ただ、すっごくむかついているんです！　わたしにこんな恥をかかせるなんて、ストーリーマスターも世界の図書館も許せない！」

「ふふふ。では、そのむかつきをしっかりと覚えておき、次の襲撃の時に存分に発散させるがよいぞ。」

「もちろん、そのつもりです。……今度こそ、やつらに目にもの見せてやる！」

「その意気じゃ。おぬしの活躍におおいに期待しておるからの。」

復讐心に燃えているあめのに、グライモンはワインのグラスをかかげてみせた。

グライモンのレシピ帳
「なげきのオードブル」の作り方
「パンをふんだ娘」のカナッペ
罰当たりな娘がふんだパンを薄切りにし、どろジャムや毒チーズなど、好みの具材をのせる。パンを地獄の炎であぶっておくと、なおよし。
「赤いくつ」のゼリータルト
タルトの型の中に、暗黒イチゴのゼリー液を流しこみ、1時間冷やせば完成。「赤いくつ」で手に入れた「赤色」を使って色づけすれば、恩知らずで見栄っ張りな味わいとなる。

「みにくいアヒルの子」のデビル・ド・エッグ
白鳥の卵を用意し、固ゆでにする。半分に切ったら、黄身を一度取りだし、「アヒル一家」の照り焼きをきざんだものとあえて、もう一度つめなおす。ボリューム満点の一品。
「しっかり者のすずの兵隊」の燻製
「小鬼のいじわる」をオーブンで燃やし、その煙を使って肉や魚を燻製にする。人の恋路を邪魔するすばらしい風味に仕上がる。

あめのの反省

いやもう、本当にくやしいったらないわ。このわたしが、アンデルセンみたいな泣き虫ぐちぐち男につかまってしまうなんて。まさか、あそこでロープを出してくるなんて、誰も思わないでしょ？　あんなの、反則もいいところだわ！

……いいえ、言い訳はやめるわ。今回はわたしの失敗よ。

考えてみれば、彼ってけっこう残酷なのよね。

たとえば「しっかり者のすずの兵隊」。せっかく大冒険して、魚のおなかから元の家に戻ってきた1本足の兵隊に、ストーブで溶けてしまう最期を与えるなんて、なかなかできるもんじゃないわ。

それに「人魚姫」。あれは報われないにもほどがあるでしょ！　王子にも胸くそが悪くなるわ。だって、王子は人魚姫の恋心には気づいていたはずだもの。それなのに、そばに置いておいて、あげくに別の人と結婚してみせるなんて。あんな性悪な男を、よくも書けたものだと思うわね。

あと「マッチ売りの少女」だってそうよ。人生は生きてこそでしょ？　女の子がおばあさんといっしょに天国に行けたことの、どこが幸せだっていうのかしら？

とにかくね、あれだけ自分の作品の登場人物をひどい目にあわせる作家を、わたしは見くびりすぎていた。

……でもね、２度目はないわ。次にストーリーマスターと対決することがあったら、アンデルセンに受けた屈辱を10倍にして返してやる。相手がアンデルセンであったらうれしいけど、そうでなくてもかまわない。

ストーリーマスターはみんなわたしの敵なんだもの。

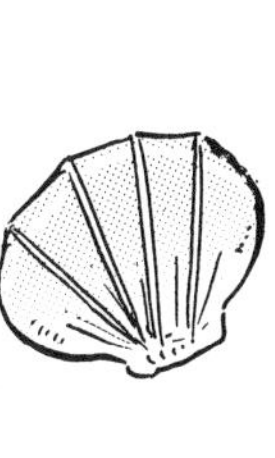

— 作 —

廣嶋 玲子

ひろしまれいこ／神奈川県生まれ。「水妖の森」で第４回ジュニア冒険小説大賞受賞、『狐霊の檻』（小峰書店）で第 34 回うつのみやこども賞受賞。代表作に「ふしぎ駄菓子屋　銭天堂」（偕成社）、「十年屋」（静山社）、「妖怪の子預かります」（東京創元社）、「怪奇漢方桃印」（講談社）などのシリーズがある。

「アンデルセン童話で一番よく読んだのが、『雪の女王』です。エロール・ル・カインの絵がすばらしくて、大好きでした。逆に苦手だったのは、『マッチ売りの少女』。でも、不思議と忘れられない物語です。」

— 絵 —

江口 夏実

えぐちなつみ／東京都生まれ。「非日常的な何気ない話」で第 57 回ちばてつや賞一般部門佳作を受賞。2011 年より「モーニング」で連載していた『鬼灯の冷徹』（講談社）が第 52 回星雲賞コミック部門受賞。現在『出禁のモグラ』（講談社）を「モーニング」にて連載中。

「小学生の時、図書室で『人魚姫』の原作を読んだことがあります。人魚姫が魔女の住みかに行く時、さんご虫にいっさい触れないよう、髪を頭に巻きつけたとありました。その状態がリボン結びなのかまげなのかでだいぶ考えこみました。」

お手紙のあてさきはこちら

〒112-8001
東京都文京区音羽 2-12-21
講談社 こども事業部
新事業チーム
ふしぎな図書館とやっかいな相棒 係

いただいたお手紙・おはがきは個人情報を含め、
著者にお渡しいたしますのでご了承ください。

この作品の感想や著者へのメッセージ、本や図書館にまつわるエピソード、またグライモンに食べてほしい名作……などがあったら、右のQRコードから送ってくださいね！今後の作品の参考にさせていただきます。いただいた個人情報は著者に渡すことがありますので、ご了承ください。

図書館版 ふしぎな図書館とやっかいな相棒

ストーリーマスターズ③

2023年9月12日　第1刷発行

作　廣嶋玲子
絵　江口夏実
装幀　小林朋子
発行者　森田浩章
発行所　株式会社　講談社
〒112-8001 東京都文京区音羽 2-12-21
電話　編集 03-5395-3592　販売 03-5395-3625　業務 03-5395-3615

KODANSHA

印刷所　大日本印刷株式会社
製本所　大口製本印刷株式会社
データ制作　講談社デジタル製作

N.D.C.913 158p 19cm ©Reiko Hiroshima/Natsumi Eguchi 2023 Printed in Japan
ISBN978-4-06-533274-0

この作品は、書き下ろしです。定価は表紙に表示してあります。

作：廣嶋玲子　絵：江口夏実
ストーリーマスターズシリーズ発売中
冒険の覚悟はできたかな？
ふしぎな図書館とアラビアンナイト
ストーリーマスターズ②
千夜一夜物語の世界を大冒険！
カギになるのは想像力！
超極悪な白雪姫登場！
物語から盗まれたものを探しだせ！
ふしぎな図書館と魔王グライモン
ストーリーマスターズ①
第④巻は2023年秋発売予定！
今度はあの名作を食いちらかすぞ！